戰鬥吧！

校園戰爭本部

02

年級：多蘭市立高中二年級。
社團：戰爭本部社員（軍師）、棋藝社社員。
技能：一目十行、喜好棋類與電玩遊戲、懂得訓練野生貓類、品茶。
備註：隱性宅女，是個高材生，憤怒時會失去理智。

member2
官冰蕙

member4
江盛遠

年級：多蘭市立高中一年級。
社團：戰爭本部新進社員（極惡變態鬼畜捆綁play蘿莉控淫棍破壞魔王）、圖書館管理員。
技能：各類模型保養、頂尖泡茶技巧、逃跑、偽娘盛子。
備註：在國中時是個只喜歡巨大機械人的中二病少年，所以決心在升上高中後改變自身。

Leader
張玲

年級：多蘭市立高中二年級。
社團：戰爭本部社員（馬前卒）、手工社副社長。
技能：全市高中生手握力第一、自由搏擊、手工及針線活、讓長輩不自覺地寵愛自己的氣場。
備註：武術少女，戰爭本部的行動派，興趣是做小手工、玩網路遊戲和暴力解決問題。

member1
李靜

年級：多蘭市立高中二年級。
社團：戰爭本部社長（大帥）、棋藝社社員。
技能：三寸不爛之舌，擅殺價。懂中、英、日、法四國語言，會拉丁舞、芭蕾舞、彈鋼琴和拉小提琴。
備註：有勇有謀，戰略層面上的大師，相信自己比哥哥要強上百倍。

member3
蜘蛛

年級：多蘭市立高中二年級。
社團：戰爭本部社員（情報組）、電腦社社員、多蘭市忍者協會常規會員。
技能：跑酷、各類忍者能力、中級駭客技巧、初級泡茶技巧。
備註：總是戴著黑色蒙面面罩，男女莫辨。善長潛入、偵察等任務。

CONTENTS

▼ BEGIN ▼

中繼的運動會

運動會，本來應該是給所有人快樂和高興的日子。

在跑道的終點，承載著所有的夢想，承載著勝利的喜悅，承載著失敗的不甘。

在看臺上的觀眾，會因為場內選手激烈競技而熱血沸騰，所有人一同分享著體育所帶來的熱情。

可惜，這注定不會發生在這所學校舉辦的運動會中。

被強迫參加比賽，被限制在觀眾席裡活動，被規限著喊指定的口號；分派隊伍的時候，甚至連選擇都沒有，學生被派到哪一個隊伍完全由學校決定。

依照自己的喜好？這不可能出現在學校舉辦的運動會上，所有學生成了一副被整理好的組合牌。

抽卡或是打出，都由學校決定。能在這牌局中享受的，僅僅是那些天生身體強健，亦即生來就是好牌的人。

然後……

「盛遠，你確定我們的身分沒有問題的說？」李靜像個小女孩一樣，走在我的身後，拉了一下我的衣角。

「大概沒有吧，老師已經答應過了。」走向司令臺的我搔著頭，看著手上從圖書館的助理老師手中拿到的通知書。

李靜嘟著嘴，嘀咕道：「司令臺上都是學生會的人，我們會不會被抓住的說？」

「哎……應該不會吧？」

「不過有姐姐在，我們一定可以逃脫的說！」李靜為自己鼓勵道。

「哈哈……」有一瞬間，我覺得這次跟李靜一起行動會失敗得很快的感覺。

不過，怎樣都好。作為學校不安分分子的「戰爭本部」，本次運動會我們同樣收到大帥的指示進行作戰。

至於事件的開端，就要由「搗亂不合格補考X病毒作戰」開始說起……

▼ Chapter.1 ▼

運動會？牌局開始！

本應安靜學習的教室，一點也不安靜。

在這坐著四十多個學生的教室中，不時傳出談笑聲。負責教課和監督的訓導主任——禿頂的金老師也幹勁欠奉，只是隨便說了一句安靜之後又開始講課，工作態度就像那些在假期也要回工廠工作的工人一樣。

正當我們早上起床附加的精力快用盡、又想要趴下休息的時候，講臺上的金老師識時務地說了一句：「如果可以在今天之內完成測驗，那大家就可以提早離開。」

「太好了！」

一眾學生就像中了大獎一樣歡呼。

「現在分發測驗卷。」

不到五秒的時間，測驗卷就已經發到我的手上，然而，同時傳來的還有廣播系統放送的廣播——

「緊急警報、緊急警報……因為受到X病毒的入侵，請所有學生馬上撤離學校！」

聽著那熟悉的聲音，我意識到這句話如同投進平靜湖面的石子，激起的漣漪肉眼可察。

「X、X病毒？」旁邊的男同學故作驚訝地叫道。

「X病毒不是電影裡的東西嗎？」另一個男生聲音中帶著害怕的情緒。

「大概是誰在惡作劇吧……」平常十分嚴肅的女班長不滿地說著。

我左右望去，正要動筆在考卷上填姓名的同學都猶豫著，有的同學更是不知所謂地起鬨，其中只有腦子比較好使的同學明白這是惡作劇而輕笑。

不過，我有一點可以肯定的是，大部分的同學都不相信剛才廣播的內容，要不是我聽出那是張玲的聲音，也許會跟旁邊的同學有著一樣的想法。

因為昨天開作戰會議時，行動的內容絕對是跟X病毒以及保●傘公司完全沒有關係。

本來的火警鐘誤鳴換成現在的X病毒……

我差點衝口而出：太超過了！根本不可能有人相信！

張玲到底是不是用了屁股思考，才會用這種讓人一聽就知道是假的理由唬爛？只要智商不是負數，有百分之九十九都不會相信——

「X病毒是什麼？是、是很可怕的東西嗎？」坐在我旁邊的徐曲拉了一下我的衣袖，擺著一頭長捲髮、眼角帶著淚光，就像是被突然出現的獅子嚇壞的初生小鹿……

嗯。

鑑定完畢，徐曲是腦子比較不好使的女生，應該是那百分之一裡的人！

「是有點可怕。」我故作深沉地向她點點頭，再舉起大姆指，帥氣道：「不過一會跟緊我就好了。」

徐曲愣了一下，像找到主心骨般點頭，「好好、好的……」

在教師桌位置坐著的監考官金老師於第一輪混亂後鎮定過來，平舉起雙手試圖安撫吵嚷的同學，說道：「大家安靜——」

話說，X病毒真是太丟人了……

作為戰爭本部的一員，我當然不可能讓整個行動失敗。儘管我不是破壞魔王，不過既然上了賊船，只好跟隨喜歡即興行動的大帥張玲進行傻瓜一樣的行動！

內心羞恥得在滴血的我毅然決然站起來，振臂一呼：「同學們快跑，爬爬、爬行者快要攻進來了！」

雖然我抱著「名聲不可能更臭」的決心，不過直到說出來的時候，還是因為太羞恥而吃了螺絲。

「爬行者？」

「什麼……○○危機出現在現實世界了嗎？」（注：臺譯電影《惡靈古堡》）

「我們不會是因為集體Fail（注：意指「不及格」）所以到達生化○○的世界線吧？」

不得不說，正常學生的惡搞能力也是一等一，只要再訓練一下，大概就可以成為Lab Member（注：指《惡靈古堡》裡的實驗室人員）……不對，是成為戰爭本部的成員了。

金老師盯著我，一定是想明白這是個有組織、有目的、有策劃的搗蛋惡作劇，馬上指著我叫道：「江同學不要胡說八道，這一定是你做出來的惡作劇！」

惡作劇？

由官冰蕙策劃的行動，又怎麼可能會那麼輕易被一言兩語擊破。我猛搖著頭，裝出一副驚慌失措的樣子，指著原定計畫將會出現火苗的窗戶叫道：「看那邊——」

下一刻，我完全無法預測的組合拳出現！

左邊緊閉著的窗戶傳來「啪」的一聲巨響，打斷想要再度開口的金老師，幾乎是同一時間，所有人的視線轉向音源發出的地方……

「啊？」

如同血水一樣的紅色液體在透明玻璃上暈開，一塊塊深紅色、人體組織似的噁心東西拍在玻璃上，正抗拒著地心引力而努力的黏附著。

「啊……哇——呀！」

「什麼……」

「不會是真的吧？」

教室內的女生們幾乎是同一時間放聲尖叫，坐在窗戶附近的徐曲更是害怕得縮到我的身後——幸好她控制著自己並沒有跟其他女生那樣飆高音。

大部分人迅速由窗戶旁撤離……

但，戰爭本部的眾人怎麼可能讓這噁心時刻停止！

「啪」的另一聲，又一塊內臟拍到玻璃窗上，射進來的陽光頓時變得血跡斑斑。雖然沒腥味，可是整個教室卻充滿鮮血的味道。

「不要！」

「哇哇啊——」

「快走！」

不曉得是誰突然大叫。

不論是嚴肅的女班長，還是剛才在起鬨的男生們，都嚇得沒命似的往門口退去。即使知道是假的，我亦因眾人驚恐的氛圍，而有一瞬間相信真的有怪物出現在學校裡。

我把背包揹到肩上，拉著徐曲往教室門口跑去，同時回頭對依然呆呆站著的金老師勸道：「沒時間想那些有的沒的，老師快逃吧！」

「好、好的，大家別慌張，一個個出去！」金老師點了點頭，經過最開始的驚慌再回復冷靜，指揮學生秩序地離開。

按照原定計畫，我在人流中走出教室。

讓金老師進行疏散學生的行動，戰爭本部的目的已經完成。剩下來我的任務，就是在學生會真正反應過來前撤離學校！

只不過……

我太小看官冰蕙對於上一次行動失敗的執著——

「吼哇哇——的說！」

「哎……」我瞪大了眼。

「吼哇哇——得斯！」

「唔……」我用力讓表情看起來嚴肅一點。

我努力控制著自己不要做出何種形式的笑容。因為活了十六個年頭，加上看了十多年電影的經驗，這還是第一次看到有綁長短雙馬尾髮型、身高不到一百六十公分、會在吼叫後加上「的說」的極矮小爬行者。

「哇——哇！」

蹦跳出來，站在我們面前的爬行者李靜，身上黏滿紅紅綠綠、黏糊糊的液體，臉上戴著一個爬行者怪物面具。

雖然還可以看到身上穿著水手服的痕跡，可惜這些被嚇破膽的同學們似乎沒有注意到，前方這隻造型可怕、但各種違和的爬行者其實是由本校學生扮演。

領頭的男生本能地指著爬行者李靜大叫道：「是爬爬、爬行者！快快、快回去！」

人群中前方的人後退，後面的人想要前進，結果把人群中間的金老師像擠沙丁魚般的擠著，情況混亂到了極點。前隊變成後隊，我和徐曲一起成為隊伍前方的急先鋒，直面著爬行者李靜。

典型的羊群心態，容易臉紅的徐曲死命拉著我往教室走，驚恐道：「那東西會吃人的，會死的！」

就在徐曲認為此刻是生死一瞬間，我突然看到長短雙馬尾的爬行者李靜向我眨了眨眼。然後，她視線移向旁邊——看到被我拉住了手腕的徐曲。

當她再看向我時，本來眨著眼的俏皮感已經不見……眼神倏然變得異常凶悍！

啥？

我發現徐曲剛才的話沒有錯，即使是在演戲，但現在對我來說，的的確確就是——死亡的瞬間！

「噗」的一聲，李靜如同飛彈一樣向我直撲過來。

那一刻，一直生活在地球重力環境下的我終於感受到……原來重力是可以被消去的。

我被爬行者李靜由人群之中撞飛，原本拉著徐曲的手就這麼甩開，還好那一刻有其他同學扶著她，不然她就會像我一樣身體直擊地板。

「哦——」我悲嗚。

難道我要跟天國的母親相見了嗎？

背上火辣辣的痛感喚醒有這個可笑想法的我，輕搖了一下頭，試圖將暈眩感甩走。可惜我連一句話也沒能說出來，力大無窮的爬行者李靜又來一記重擊。

腹部受力的我跟再次突前的李靜像雪球般，向後方的通道滾動。

如果用公斤來計算李靜的飛撲到底有多重的力道，親身感受的我大概可以告訴任何人，絕對有一噸重的卡車用時速七十公里直接撞擊在身上那麼可怕！

「痛……」

「姐姐留力了的說……我們先假裝打一場，然後跟著姐姐由後門走的說。」

在短暫的暈眩間，耳邊傳來了爬行者李靜的聲音。

再次睜開眼睛，身後是被撞凹了的壁報板，而爬行者李靜就在我身前不到半公尺。除了口中被打得快吐出來的胃酸之外，一陣香甜味、刺鼻味加上女生的氣味傳入我的鼻子……

原來爬行者李靜身上的血是番茄醬、黏液是芥末嗎？我吸了一口氣，那都不是重點……重點是這力道真的是留力了嗎！

還有，妳確定是假裝跟我打一場，而不是我假裝被妳打一頓？

「唔……」講不出話的我快速翻身，揉著似乎內臟移位的肚子。

這時的我在別人眼中應該是十分帥氣地向左方迅速滾開，與爬行者李靜保持了四步左右的距離。

因為被撞開的關係，所以爬行者李靜分隔開我和那些補課的同學。他們呆滯地看著我，一臉像在選擇是看男高中生被爬行者殺死，還是自己快速逃命……

「哇哇吼——的斯！」

爬行者李靜開始裝模作樣地大叫，加上她背對著所有人，那些學生看不見她的爪子正由口袋內拿出一條詭異的鞭子。

「等等……這是什麼？」

爬行者李靜壓低聲音道：「快護著頭的說！」

我猛搖頭，想要站起來，可是被地上的芥末弄得滑了一下。

「要來了的說。」

我知道再拒絕也沒有效果，只好把自己的頭護好。而那條像是爬行者舌頭的鞭子開始舞動，然後——

「不要——痛！」

帶著芥末的鞭子抽在我的手臂上……真的很痛！

「哇——！」

與此同時，李靜咬住鞭子，回頭向那群看熱鬧的人吼了一聲，舌頭又「啪」一聲，掃到旁邊的牆壁。

如果是真的話，這情況就恐怖極了。

因此大部分人在可行的兩個選擇中，合理地拋棄「看男高中生被爬行者殺死」，選了「自己快速逃命」。

混帳！

為什麼沒有齊心協力打倒爬行者李靜的選項！

正當我以為自己要被這頭暴力怪獸爬行者李靜繼續抽打時，一個揹著兩把武士刀、蒙著臉巾，應該是扮演艾莉絲的冷酷武士——蜘蛛帥氣登場！

「自信，爬行者李靜放開那個男生。」

非常入戲的爬行者李靜聞言起動，箭步衝到我跟前，長長的鞭子被她咬住，右手上似是裝飾的爪子一把扣住我的手臂，就像抓住人質一樣，然後回頭瞪著武士蜘蛛，「唔唔吼——

的斯！」

看著爬行者李靜，我真想告訴她，爬行者才不會「得斯、的斯」又或者「得說」的叫！

「冷笑，其他人快走，既然爬行者李靜冥頑不靈，別怪我手下不留情！」

武士蜘蛛像背臺詞一樣的說話風格，讓這個本應很帥氣的畫面變得極為滑稽。

再說，李靜都變成爬行者了，還跟她說什麼道理！

只可惜那些被嚇得像驚弓之鳥的同學們卻很容易接受了，就像喜歡看好萊塢電影的人，電影的邏輯與合理性？那些東西並不重要，只要刺激就行。

同樣被近代電影毒害的金老師，對武士蜘蛛的英勇行為進行了深切的表揚和信任：「武士是正義的化身，有他就行，我們快走。」

「但是盛遠還在爬行者手上……」

徐曲對我的呼喚，感動得我想要馬上回應。與此同時，爬行者李靜加重力道，天真的我如玩具一樣，被她拉著往通道走去。

「哇哇、哇！」

因為太痛，我眼角的淚水不自覺地流了出來。不過我表現得越慘，那些同學就跑得越快，連想要救我的徐曲也被同班的一、二、三號同學拉著，最後留下了三句讓我咬牙切齒的話。

一號男同學邊走邊叫道：「這蘿莉爬行者就算成了爬行者也鐵心逆襲，盛遠果然是罪大惡極！」

三號女同學似乎在點頭認同，「沒錯沒錯！雖然很可憐，不過爬行者是在除害……不、不對，武士先生應該會救盛遠！」

二號女同學一貫的貶低我：「下流！」

我要哭了哦！

他們不是應該稱讚我很偉大嗎？以自身作人質來拖延爬行者李靜的屠殺行為，真的是很偉大……

不過更讓我想要哭的，是所有學生當中，僅僅徐曲一個人想要救我，而作為年長者的金老師則再次使出裝作沒看見的特技。

我作為一個思想正直的高中生，果然失敗到了極點……

「斬擊，劍斬肉身，心斬靈魂，爬行者李靜看刀！」

「噹」的一聲，武士蜘蛛終於追上爬行者李靜，展開強度驚人的戰鬥。

一個是敏捷型，一個是力量型，風格迂迴，自然是異彩連連。

可是作為人質的我卻無緣看清。

我一直被李靜拖著撞牆、拖著當成盾牌、丟出去當武器等等各種不人道對待。大概三分鐘後，那群學生終於走光，兩人的對決亦停了下來。

「跑光了，學生會應該很快就反應過來，我們要快點離開的說！」爬行者李靜把臉上黏糊糊的爬行者裝扮面具拿開，露出有著重影的可愛圓臉。

欸？為什麼有那麼多李靜和蜘蛛在我面前晃來晃去？

「點頭，我還有任務要完成，你們先走。」蜘蛛二話不說往樓上跑去，大概是去破壞監視錄影之類的任務。

「是是、是……」暈眩狀態下的我結結巴巴地說著。

爬行者李靜見我一副快要死掉的樣子，二話不說用公主抱的方式抱著我離開。

這是我人生中第二次被李靜公主抱……

根本沒什麼反抗能力的我，只好讓心裡的不甘、不爽還有羞愧，跟地上的那些番茄醬以及芥末醬一起風乾。

離開學校的過程很順利，因為大部分的師生們都在正門對面的操場集合，加上因為寒假的關係，學生會在校的人手並不多。蜘蛛的剋星校工大嬸亦不在校，我們輕易地由學校的後門逃出。

回復精神的我望了一眼依然是爬行者打扮、身上滿是紅紅綠綠醬汁的李靜。為了讓她旁邊的我不會被警察抓回去盤問、不會被警察誤會、不需要撥電話讓張玲來幫我保釋……

沒錯，在這方面我有經驗！

因為路過的警察大概會問我「到底你對這個女生做了什麼事？」，又或者「為什麼把番茄醬和芥末醬塗到女生身上？」，更甚是「在霸凌幼女嗎混蛋！」等等等等這樣那樣讓我難以回答的問題。

為了不讓張玲來交保釋金，以及不要再扮成盛子打工而努力，我決定犧牲背包裡昨天才洗乾淨的毛衣，套到完全不覺得自己會被人誤會的李靜身上。

◆◎◆※◆※◆◎◆

「穿上它吧。」

剛把爬行者面具脫下來的李靜愣住，低頭看了一下自己身上依然黏糊糊又紅又綠的液體，臉一紅，尷尬地搔了一下頭。

迷糊的李靜不小心將番茄醬黏到馬尾上，「謝謝的說……」

要是謝謝那剛才就不要用全力撲倒我啊！

當然，我不會這樣對李靜說，因為她是擁有比爬行者更可怕的力量、就連拍肩也幾乎可以把骨頭粉碎的怪物！

要是我穿著雌火龍套裝（注：電玩遊戲《魔物獵人》中的鎧甲）或許可以跟她一戰，不過現在只穿著校服的我全無防護力，被打一拳的話，生命值會馬上掛零，所以還是不要開戰比較好。

「回家洗洗？還是大帥已經有下一步的指示？」我由口袋裡抽出面紙，拭去那些黏在她頭髮上的醬汁，試圖讓她由爬行者變回正常人。

「姐姐自己來就可以的說……」李靜的臉變得更紅，不過她沒忘了回答問題，「她們已經在家等的說。」

「在……誰的家？」我有種不好的預感。

「在盛遠家等著的說。」

「我就知道……」

「嘻嘻～」

李靜純真又天然的笑容讓我有種不爽的感覺，到底什麼時候我家成了戰爭本部開作戰會議的地方？

真是讓人火大！

我不自覺地加重了手上的力道……

「唔、啊——啊——呀——」

我停下了手，尷尬地問道：「怎麼了？」

「不不、不要那麼用力拉，姐姐會痛的說……」

「對不起，剛剛黏成一團。」

三下五除二，我完成清潔李靜頭髮上黏著的醬汁任務。除了一長一短的雙馬尾之外，在大一號的毛衣掩蓋下，完全看不出李靜就是剛才肆虐的爬行者。

「回家的說！」李靜意味不明的高興起來。

看著像是回她家的李靜……那其實是我的家好嗎？

「姐姐大人！」因為毛衣的關係，負責開門的弟弟沒看到李靜的水手服上有層厚厚的番茄醬，如常使出熟悉的妹妹飛撲。

如果對象是我的話，不閃避絕對會被他撲倒，而且——

「哈哈……」

笨蛋弟弟喲，接受番茄醬和芥末醬的洗禮吧！

可是李靜卻輕巧地接住弟弟，像沒事一樣，更神奇的沒讓身上的番茄醬濺出一點——想當然，那醬汁一定是深深印在了我的毛衣內。

李靜輕輕撫著妹妹型態下的弟弟，「嗯，乖乖。」

「嘻嘻……」

看著一臉幸福的弟弟，還有姐姐模樣的李靜，我總覺得這兩個傢伙得意忘形過頭，我是時候要用哥哥還有主人家的威嚴來狠狠教訓一番了。

「盛遠給客人倒茶！」媽媽由廚房中走了出來，對我招手，同樣是一臉幸福的樣子，看向李靜和弟弟時的表情，就像看到深厚又溫馨的好姐妹那般心滿意足。

我就知道事情會出現波折。

明明比我們還要晚離開學校卻早一步到達、已經坐在客廳中十分安靜的蜘蛛，還有裝成淑女的張玲，以及用一把扇子掩著嘴微笑的官冰蕙。

這三人正襟危坐盯著我。

「又不是第一次來，他們會自己去倒——哎呀！」

「怎可以讓女生來做，快去！」媽媽狠狠敲了一下我的頭。同時手上似是變戲法一樣，拿出幾個紅包分到四人手上，「來向阿姨拜早年真乖，今年我兒子又給妳們添麻煩了！」

媽媽妳分清主次好嗎？明明是她們給我不斷增加麻煩！

「沒有的事……」張玲擺手裝作小女兒姿態收過去。

我本來還想爭辯，但被媽媽回瞪了一眼。

「還不去？」

「知道了。」

我不滿地撇了撇嘴，馬上去倒茶。要知道我和弟弟還未收到壓歲錢，媽媽妳怎麼先給那些傢伙！別忘記我才是妳兒子啊，白痴媽媽！

可惜，任誰也阻不了這位熱情的媽媽。分完紅包後她將弟弟抓走，把家讓給戰爭本部。

「這次任務大成功的說！」洗澡過後的李靜，一邊用毛巾擦著長髮，一邊笑道。沒有把髮型綁成雙馬尾的李靜，看起來和之前分別不大，還是幼女狀。

「贊同，因為有店長贊助番茄醬和芥末醬，社團經費消耗得不多。」

原來那海量又黏糊糊的東西是由店長那裡來的……

「那拍在窗戶上的人體組織是什麼？」我靈光一閃，好奇地問道。

「是牛眼和一些不要的內臟，我用科學實驗的名義由肉店低價購入。」張玲一臉自豪地說著，似乎她的行動是多麼聰明那樣。

我高興地笑著問道：「所以社團經費還剩下很多囉？」

「沒錯！」張玲給我一個大姆指，有種誇大其詞的感覺。雖然似乎在掩飾著什麼，不過這樣也好，本來以為又要打工的我終於放下心頭大石。

因為這個寒假我有著要一口氣看三十六小時《武士王》第一季動畫的計畫！

「咳咳，在所有正事開始之前，我想問……」官冰蕙盯著我，指著李靜身上的紅色居家服問道：「小靜為什麼有替換的衣服？」

「……」

「……」

靜。

「啊……是媽媽買給——」我回過神來說道。

「啊……唔……哈哈……就是那個、是妹妹的說！」李靜又急著說道。

我們應該一早把口供串起來才對，不擅長說謊的我們竟然出現兩個答案。我冷汗直流，沾濕的衣服都快能擰出水來……

不愧是軍師，竟然可以看出奇怪的地方。

正當我以為李靜經常留在我家過夜的事要曝光時——

「原來是這樣嗎……妹妹的身材跟小靜的確差不多。」官冰蕙似乎沒有聽到我未說完的話，恍然大悟地點頭。

「是嗎？」自從印度人頭巾事件之後，張玲似乎開始懷疑李靜跟我的關係，用蜘蛛的說話方式說道：「瞇眼，他們有可疑。」

我打斷她，擺手道：「才沒有——快說正事吧！」

「快快、快說正事的說！」

戰爭本部的眾人就在我和李靜的英明帶領下轉入正題……

才怪！

戰爭本部在我家開會談正事，大多都是累得玩不動的時候，這次沒有例外——張玲是第一個發起要玩桌上遊戲的傢伙，而戰爭本部的外置良心官冰蕙再次屈服在龍爪手下。

我因為強運而接連取得幾場勝利，而後又因官冰蕙不服氣展開了電視遊樂器的二連戰，這次由一直練習的李靜得到勝利。

至於要討論的事？

在大家累得玩不動的時候，張玲才提出明天同樣時間來到同樣地點進行討論，而且在官冰蕙的強烈要求下，張玲承諾不會在完成正事之前玩遊戲云云……

「明天一定要討論！」官冰蕙瞪著我說道。

「是……」我縮了一下，提議玩的不是我好嗎？

「沒錯沒錯，再提議玩就懲罰盛遠！」張玲很順的接口。

這傢伙到底有多喜歡幸災樂禍！

李靜不明所以地起鬨：「喔喔，好的說！」

「揮手，明天見。」只有蜘蛛好好地向我說再見。

又鬧了一會之後，我終於成功的送走四人。

◆◎◆※◆※◆◎◆

第二天，戰爭本部的成員再次齊聚在我家裡。

「雖然考試無效化作戰不算成功，不過後續的拯救補課學生行動卻十分成功。」作為大帥的張玲為我們戰爭本部這一個多月的努力做出總結。

「我們要立即進行下一步的行動嗎？」我舉手問道。

「疑問，繼續考試無效化作戰嗎？」蜘蛛也問道。

「不，所謂事不過三，而且最近兩個月除了一些小測驗之外，已經沒有任何的考試，所以計畫留待之後處理。」說罷，張玲輕輕敲了一下桌子，提示官冰蕙別再看電腦。

「我在做正事，跟妳不一樣。」官冰蕙撇了下嘴，看起來對張玲昨天玩遊戲的行為十分不屑，「而且有一個正經的委託。」

張玲眼角抽搐了一下，為了把本部大帥的權威抓回到手中，她朗聲道：「如果不是關於我之後想要說的事就不用提出。沒錯，如果不是關於外星人、超能力者、未來人——」

官冰蕙冷冷地說道：「是關於寒假後舉辦的運動會。」

「哈哈，這不是我計畫……啊……嗯、嗯？」張玲瞪大了眼睛。

官冰蕙冷笑，指著我說道：「妳的想法連坐在那邊的傻瓜都可以輕易猜到了。」

因為瞄到了張玲小本子上寫著「這次一定要擺平運動會」的字句，所以我和官冰蕙都能猜到。

「雖然我猜到了，不過我不是傻瓜。」我反駁。

「不可能！怎麼可能連傻瓜都猜到！」

呵呵，張玲承認了自己是個連傻瓜都可以看穿的人，真是可憐……

「舉手，雖然我不是傻瓜，不過也是早就猜到了。」蜘蛛助攻。

「其實這很正常嘛，大帥一點也不用覺得被人看穿有任何問題的說。」天字第一號天然呆李靜在重傷的張玲身上，補下了最後一刀。

「這這、這算了……」張玲豪邁地擺手，「既然有委託的話，那更好，而且不管你們說什麼『不可以』、『不能辦』，我都一定會反對，是絕對會反對！因為破壞運動會可是戰爭本部傳統中的傳統！」

「欸？去年不是說這是創新革命的說？」李靜道出事實。

「哈哈——聽不見聽不見！」張玲掩著耳朵，高聲叫喧：「我可是要成為破壞運動會王的大帥！」

以我來解讀這一句就是：被揭穿的大帥張玲，硬是找個臺階下。

「雖然去年聽大帥說過一次，不過還是好厲害的說……」

李靜如果把這神奇的記憶力換成智慧，我想她大概可以結束笨蛋代名詞的成就。

「小的們，給我看看委託內容！」已經無視一切吐槽的張玲下令，接著我們再次擠在一起，看著那個小得可憐的電腦螢幕。

【我覺得運動會很無聊，不想參加比賽，也不想為同一個隊伍的廢物打氣，一整天對著那些不認識的傢伙，坐在觀眾席就是煎熬，可以幫我嗎？】

短短的一句很快就看完，只不過信箱內還有不少的郵件：什麼我想要推倒○○女生、把○○老師殺掉、把拖稿作者打得吐血、幫忙向○男生表白等等。

話說回來，雖然這次的委託出發點是為了自己，不過在其他很黃、很暴力的郵件中，算是十分正常的委託。

「大家都看完了嗎？」張玲問道。

其餘的人紛紛點頭表示看完了。

「話說這真是打瞌睡時來個枕頭，吃白麵包來一瓶花生醬那樣，世上的事情往往都是那麼巧合。」張玲用著不知所謂的比喻來形容這次的委託。

「所以……」我搔著頭，「雖然聽了一大堆有的沒的，可是到頭來我還是不知道現在到底是要做些什麼。」

李靜跟我一樣有著同樣的疑問：「我們這一次要做什麼的說？」

「這也不明白嗎？笨蛋就是笨蛋。」官冰蕙半掩著嘴，嘲諷力全開，不屑的目光掃了我和李靜一遍。

李靜和我在這一點上被嘲笑得太多次，在不知不覺間已經免疫了。

「快點說答案吧。」我擺手。

「就是的說。」李靜點頭。

官冰蕙的強力嘲諷打在空氣上，被我們無視的她似乎內傷更重，愣了一會才說道：「那那那還用說嗎？就是破壞在學生會還有學校規範，變成了既定結果的運動會啊！」

「歪頭，什麼是既定結果？」

「就是由他們一手主導，由他們計算好結果的比賽，由他們預測到內容的比賽，每一年都是一模一樣的內容，只是成為冠軍的人不同。」張玲看著本子，說出她一定是準備了很久的臺詞。

「哦！」李靜和我內心的熱血似乎被煽動了起來。

張玲激動地站起來，拍著桌子，「現在的運動會沒有激情、沒有突然性，所有學生都是這個運動會牌局裡的一張牌，被學校擺布著……這算是真正的運動會嗎？絕對不是！」

蜘蛛皺起了眉頭，「不解，可是我們沒有辦法改變這些事。」

「不。」官冰蕙接過張玲的話，帥氣地撥了一下額前的黑色長髮，「我們可以改變，因為我們是——戰爭本部！」

眾人為之一靜。

儘管官冰蕙的語氣變得有那麼一點煽情，不過我的身體還是本能抗拒接收官冰蕙的煽動性話題。

「所以……行動的計畫是什麼？」李靜歪頭向官冰蕙問道。

官冰蕙惱羞，「所以我最討厭笨蛋！」

「誒嘻嘻。」李靜傻笑，直接承認自己是笨蛋。

「這次定下的目標跟上次一樣異常巨大，作戰計畫要先蘊釀一下，等到寒假後回校我們還有三個星期的時間準備！」張玲拍了一下手，準備結束這次會議。

「那，散會了？」我看了一眼客廳裡掛著的時鐘，也快到晚餐時間了，他們應該不會留在這裡……

「嗯，就到這裡吧，如果有其他事再聯繫！」

正當我以為這個寒假可以擺脫這群戰爭瘋子時，我發現自己明顯大錯特錯，因為我早就已經成為被賣的專業戶——

蜘蛛在離開之前對我說：「提醒，盛遠這個星期要到店長那邊，我幫盛子排了班。」

「為為為什麼？」我像被踩中尾巴的貓，回頭向蜘蛛問道：「之前不是說經費沒有消耗很多的嗎！」

張玲很適時地拍了一下我的肩膀，又模仿蜘蛛的說話方式道：「奸笑，因為番茄醬和芥末醬都不是免費贊助的。」

「點頭，店長說如果盛子去工作才讓我們用番茄醬和芥末醬。」

我張大了嘴，看著一溜煙跑了的戰爭本部成員的背影叫道：「這這、這很奇怪哦！明明玩的人是你們，就我一個人被鞭子抽、被飛撲攻擊、被出賣……為什麼要我幫你們收拾……等等，你們不要走，給我過來面對！」

「再見啦——」

「揮手，星期天再見。」

啪的一聲，門被關上……

留下我。

「這四個都是壞人，都是玩完玩具不會收拾的壞人！」

正當我一邊抱怨、一邊把《武士王》光碟片放進播映機時，又傳來敲門的聲音。雖然我肯定不會是他們良心發現，不過還是有一丁點希望他們是良心發現。

拉開門——

「是覺得要補償我了嗎？」

李靜在門前呆呆地看著我。

「妳又怎麼了？」我沒好氣地問道。

「那個……」李靜似乎被我的陰鬱氣息所嚇住，退了一步，低下頭輕聲說道：「姐姐忘了叔叔不在家，今天沒有晚飯吃的說。」

我重重地嘆了口氣，然後撥打媽媽的手機號碼，「媽媽……嗯，是我，李靜今天在我們家吃飯……」

電話另一頭的媽媽高興得像中樂透。

她到底有多喜歡李靜啊？

「結果怎麼的說？」李靜一副擔心的口吻。

我不爽地撇嘴，「一會到餐館去，媽說今天在外面吃。」

「太好的說！」

李靜傻乎乎地笑了起來，這樣子的確是有那麼一丁點可愛，唔……會有這種感覺的我一定是醉了。

李靜用手指戳我，「嗯？」

「沒事，玩一會電玩再出門吧！」

「好的說。」

看著李靜的圓臉，希望新年不會有什麼奇怪的事發生。

▼ Chapter.2 ▼

抽牌，隱藏下來的秘密。

時間過得飛快，迎來了寒假的最後一天。在完成所有的打工任務後，勞碌的我還未能好好休息，趕著一大早就來到火車站。

在車站的閘門前站著一個擁有模特兒臉孔、魔鬼身材的校花級女高中生。她穿上淺藍色及膝裙，上身是白色襯衫加上粉藍色的小背心。

有一點相信誰都會同意，那就是私服的官冰蕙比她穿水手服制服時更漂亮。

「好慢……」

她的眼神就像是看著某生物排出的有機物時，那十分厭惡的模樣。

「對不起！」

雖然我是準時到達，不過面對的是官冰蕙，我只好誠心誠意的道歉。

「明明是你約我出來，還要我等，真是差勁！」

樣子很漂亮，但為什麼嘴巴是宇宙級的毒辣呢？

「嗯嗯，那個我們走吧……」我陪笑。

今天是收到在女僕速食店薪資的翌日，因為下個月是張玲的生日，可我又不知道她到底喜歡什麼，所以就找上應該是最了解張玲的官冰蕙來準備生日禮物。

昨天發簡訊之前還忐忑著，認為官冰蕙不可能答應，不過她卻神奇地一秒內回覆說「可以」，還附帶了一個「^^」的表情。

雖說目的是達到了，不過她那個表情實在太過可疑，因為我中過埋伏的次數太多，所以本能地感覺到有陰謀的存在。

「跟我來。」

官冰蕙一副高傲的模樣，在街道上路人的回頭率近百分之百，讓平排走著的我十分不自在，就像白雪公主身邊的小矮人。

果然不出我所料，由車站起步走了五分鐘的時間，我被她帶著來到一處幽靜的街道……

雖說我不清楚張玲到底喜歡什麼，不過哪有賣東西的店鋪會開在沒人經過的地方！官冰蕙不會是還記恨著上一次的「豆腐觸感」事件，現在要把我殺掉來洩恨？

又過了一會，直到四周只剩下一座座安靜的建築物時，我終於忍不住問道：「到底是去哪裡啊？」

「棋社。」

我瞪大眼睛，「哈？」

「棋社。」

我禮貌地問道：「請問什麼是棋社？」

「真是白痴，棋社都不知道嗎？」

我深吸了一口氣安慰自己：知道目的地是不明所以的棋社，總比知道目的地是火葬場又或者某座可以埋屍的深山要好。

「是賣棋的嗎？」

「白痴嗎你！」

「唔……那是玩棋的？」我再次深吸一口氣，對方是官冰蕙，所以現在這種說話方式十分正常……

我絕對沒有被打擊到，這點小事不可能打倒我，只是有汗水在眼角借道路過而已。

「棋是用來玩的嗎？棋是可以買的嗎？別侮辱棋，那是智慧的結晶。」官冰蕙冷笑了一聲，意有所指道：「不過智商為負的人應該不能理解，真是個蠢材！」

我擦了一下不小心落在眼角的汗水，點頭道：「是、是。」

由官冰蕙的反問和嘲諷下，我得出在智商為負的人所能理解的棋社——

可以玩棋的地方、可以買棋類遊戲的地方、可以跟人交流的地方，還有就是官冰蕙喜歡的地方……

「快點！」

——更有可能是宇宙級毒舌的溫床！

又過了幾分鐘，我們來到一棟三層樓的白色建築物前。

「就是這裡。」

「哦哦……」

「一會別說話，任何人問你任何問題都只需要笑，被挑釁最多只可以皺眉。還有，不可以毛手毛腳，知道嗎？」

「毛毛、毛手毛腳？」我怎麼感覺到一絲不尋常的味道，下意識退了一步，跟官冰蕙保持了五步以上的距離，「等等，現在不是要選大帥的禮物嗎？怎麼好像有其他的事？」

「沒關係，只是小事。」官冰蕙擺手道。

我先是點頭，然後又猛搖頭，「別以為可以糊弄我，我又不是李靜！就算是小事，妳也先說明現在到底是怎麼一回事！」

「都到這裡了，你就別鬧了！」官冰蕙試圖抓住我，沒得手後又一副很著急的樣子。

「不行！」我反對。

官冰蕙「切」了一聲，別過頭，支支吾吾地解釋道：「那個……那個……因為家裡來了親戚，什麼介紹男生……我又不喜歡那樣，不過又沒有辦法拒絕……所以你假裝是我男、男朋……友之類的東西……最多一會結束之後，就帶你去選禮物，還有請你吃午餐，就這麼決定了！」

我恍然大悟。

怪不得如此輕易就成功的把她約出來，還要比預定早那麼多在等我，那個「^^」是這個意思。原來我就是張玲說的那種——打瞌睡時蹦跳出來的傻瓜枕頭。

「你還想怎樣？不幫的話，我就把你捆起來了哦！」官冰蕙隱藏的怒氣值正穩步上升。

我吞了下口水，想起「豆腐觸感」事件，好像還沒有正式道歉，那這次就幫幫她好了。

「也不是不可以，畢竟都是戰爭本部的戰友……」

「那走吧！」

官冰蕙箭步上前，在我發呆的時候，一把抓住了我的肩膀。

「等等……」

有著強烈不好預感的我被官冰蕙拉進了棋社……

◆◎◆※◆※◆◎◆

如果在之前問我，傻男的女兒是不是一定是美女呢？我會回答應該不是，畢竟還有很多因素。

可是，在這坐著六個人的房間之中，就只有我一個不能稱之為帥、漂亮、美麗和英俊。

官家的基因也好得太厲害了吧？

「是小蕙的男朋友嗎？」

第一個發言的是酷似官冰蕙的女性。

看著眼前如同官冰蕙的姐姐、但應該是她母親的人，我想回答，但官冰蕙卻拉了我一下，馬上想起不需要說話的條件，微笑點頭。

官冰蕙說道：「嗯，他是我之前提過的江盛遠。」

視線再次掃過這房間內官冰蕙的家人，雖然各個都生得很俊美，不過以神態來說，應該全部都是官冰蕙的長輩無誤……這不會是專程聚集來鑑賞官冰蕙帶回家的朋友吧？這還「沒關係」？

這絕對不是小事！

我在心裡吐槽時，伯母又開始問話：「小遠是比小蕙小一歲是吧？」

「是的，他是我的學弟。」

官冰蕙刻意用手環住我的右臂，身體若有若無的觸碰到我。

「咳咳——」

突然間，坐在主人家位置的帥氣大叔輕咳了一聲，大概是官冰蕙過分大膽的動作嚇了他一跳。

老實說，就連作為當事人的我，也被官冰蕙這突如其來的動作嚇得不輕。

「對了，我看到小遠實在太開心了，都忘記介紹介紹！」伯母掩嘴笑著，對女兒做出這種跟男生親暱的行為，似是發自內心的微笑……

竟然還有像我媽媽和爸爸那種奇葩？這世界到底發生了什麼事？

接著伯母把各個在場的人向我介紹了一遍：唯一的男性是官冰蕙的父親，其餘的不是三姑就是六婆等等的存在。

當然，會面不只是聽一次名字就完結，不然官冰蕙也不會把我找來，隨便放個西瓜說是男朋友不就結了？

「小遠跟小蕙是怎麼認識的？」官冰蕙的三姑笑著問道。

我微笑，官冰蕙代言：「是同一個社團，有一次他……」

「小遠有什麼優點嗎？」

我再次微笑，官冰蕙代言：「雖然是很魯莽又有點笨，不過在某些時候會很溫柔。」官冰蕙編故事還不用看稿子，更完全沒有臉紅，這不是一般的強，是已經強得突破天際了啊！

「小蕙跟小遠接觸不會……嗯，沒問題嗎？」官冰蕙的六婆提了一個奇怪的問題。

我僵硬地微笑，官冰蕙把身子再靠近我一點，豆腐一樣的觸感正貼到我的手臂上。時間凝結，我連動也不敢動，就像上次一樣，都可以聽到她微微變得急促的呼吸頻率。

「沒有。」官冰蕙代言。

……這種「程度一」相互理解的問題，維持了十多分鐘，不過看她們的樣子似乎不會進行「程度二」的交流。

話說回來，我懷疑官冰蕙早就想抓我出來當這個假男友，只是開口之前被我先一步而已，因為她對我的情報完全是媲美百科全書等級的詳細！除了比較個人的私事之外，基本上都準確無誤的被官冰蕙掌握著，就連我五歲看恐怖電影被嚇得三天嚷著跟媽媽一起睡覺的事她都知道……

這大概是家裡的宅媽把這事當成炫耀的資本到處說的後果。

能問的都問完了，正當我以為要完結時，全程僅「咳」過一次的帥氣大叔——官冰蕙的父親，突然問我：「小遠會下棋嗎？」

我一貫地微笑，不過官冰蕙這次卻不作言語，本來有點吵雜的房間也靜了下來。

嗯？

本能的感覺到，這裡的「下棋」大概是禁語？

「小遠？」

伯父瞇眼，比官冰蕙發怒時更盛的氣勢向我直撲過來……

官冰蕙輕推我一下，意思就是我可以說話。

我沒忘記要笑，依然保持著微笑，點頭道：「會。」

所有人又再次吱吱喳喳喧鬧起來，看來我會下棋這件事讓大家鬆了一口氣。伯父的威嚴甚重，比起我爸媽強了不只一個等級。可是接下來的事，更讓我意想不到——

「單獨跟我對奕。」伯父命令。

官冰蕙聞言，像驚弓之鳥般慌亂起來，「盛遠他不——」

其他人也開始勸阻。

但——

「我在跟小遠說話。」伯父皺眉。

眾人再一次靜了下來，連官冰蕙也立即閉嘴，微不可察的對我搖頭。

有種面對黑社會老大的既視感，不過這程度是嚇不到我的，因為就連扮成女生也不怕的我，已經無所畏懼了！

在這個情況，我應該按官冰蕙的指示拒絕。但直覺告訴我，如果拒絕伯父，會有很嚴重的後果，所以——

「好的，伯父。」

「過來。」

他站了起來，在三姑六婆等人驚懼的目光中，領著我走出本來的房間，來到放著一副棋盤和棋子的房間。

從走出眾人所在的房間時我就開始後悔，和他面對面而坐就更能感覺……帥是很帥，比我爸那蠢樣不知強了多少。不過伯父那不苟言笑的嚴肅，有意無意間讓整個空間散布著不安的氛圍……

「你不是小蕙的男朋友。」

第一句話就幾乎要把我嚇死！

「我我我當然是！」我強撐著。

「你、不、是！」

「我……」

他瞪著我，如同置身刀山火海的一剎，將要被殺的恐懼蔓延全身。

「嗯？」

「對……我不是，我是官冰蕙的朋友。」說出來之後，我就全身繃緊，等待將要到來的審判。

不過，我沒有等到重擊，伯父僅是拍了一下我的肩膀說道：「放心，伯父不是要嚇你。」

「……是？」

「你不是小蕙男朋友這事，只有伯父看得出來。」

「是、是……」

伯父輕輕敲了一下棋盤，「知道為什麼那些三姑六婆還有我太太會那麼心急的幫小蕙辦相親嗎？」

「不不、不知道。」

「因為小蕙在小時候就被我們發現十分厭惡除了家人以外的男生，聽說是什麼男性厭惡症，只要一被男生觸碰就會有不同程度的暴力反應……嗯，你應該未見識過吧？」

「到現在還沒有看過。」我歪頭，想了一下，對照一進戰爭本部的情況，的確是那種感覺沒錯。

「呵呵——呵呵！」伯父開心的大笑，「你這小子應該沒被小蕙當成男生！」

「唉……是吧……」

被伯父這麼一說，我突然有種淡淡的憂傷。

似乎是起了興致的伯父開始自顧自地說：「如果小蕙的相親沒有成功，我太太決定要送她去德國治療，聽說是那邊有更好的心理醫生。」

「原來是這樣嗎？」

「所以給我好好的裝！」伯父重重地拍了一下我的肩膀，說著讓我哭笑不得的話。

「是！」

接下來，棋倒是沒下，但聽伯父說了半個小時的話，還有陪著喝了一點，他是喝酒……我的是果汁。

這時他說的大多都是有關官冰蕙的糟事，終於也讓我收集到她的情報了，嘿嘿嘿！

在離開之前，伯父在他那張嚴肅的臉上拉出比哭更難看的微笑，對我說：「小遠，你這小子我喜歡，外柔內剛的，正好跟小蕙一對。小蕙的嘴是毒了點，樣貌還是很不錯，而且她又不討厭你，要不就真的交往吧！」

「伯父你喝多了……」我搖頭，雖然外在條件很不錯，可是內在呢？誰會跟這個把人貶得像垃圾場裡塑膠袋的囂張毒舌女交往！

回去原來的房間後不久，三姑六婆放了我和官冰蕙離開棋社。在出門時我才發現這棋社的名字赫然是「官氏棋社」。

「這是妳家開的？」我驚奇。

「嗯……」官冰蕙心不在焉的點頭，一副欲言又止的模樣。

這狀態下的官冰蕙有點可愛又引人發笑。

我明知故問：「想要問伯父跟我說了什麼？」

「オ才、才沒有！」

我聳肩，「那我不說了。」

「是不太想知道，反正又是什麼很嚴肅的話題！」官冰蕙激動地說著。

口不對心，說的就是這傢伙。

為了防止她不帶我去買禮物，我不再逗她，說道：「伯父知道我是假冒的，不過他似乎有某些原因不想揭穿我們，所以警告我要裝得像一點。」

當然，我把自己已經知道官冰蕙厭惡男性的事隱瞞了。

「哦哦……」官冰蕙本來緊鎖的眉頭回復過來，嘀咕著：「什麼啦……爸爸明明也不想我去國外，這死大叔傲嬌了……」

說著的時候官冰蕙突然叫道：「喂！」

「是？」

「那個、謝啦……」官冰蕙別過頭，「想要吃些什麼？」

果然是親生父女，性格也差不多，她不是也傲嬌了嗎？

「越南生牛肉河粉。」因為早已想好了，所以我馬上就能說出來。

「哈？你不是應該推辭一次的嗎？」

做了這麼多額外的任務，又是扮女生又是打工，當然要好好吃一頓才是，不然也對不起自己的努力，所以我堅決地重複了一次——

「越南生牛肉河粉！」

「知道了……真是麻煩！」

◆◎◆※◆※◆◎◆

心情出奇地好的官冰蕙在吃完午餐之後，把我帶到了一間吐血龍專賣店。

聽說吐血龍是由某部電影改編而成的卡通人物，整個就是陰險的龍臉配上嘴角的血跡，還有二頭身的可愛樣子。因為我也看過張玲的錢包是這圖案，所以她應該很喜歡沒錯。只不過這個地方並不是只有官冰蕙知道，大部分喜歡吐血龍的同好也同樣喜歡這個地方。

「啊？」

「Hi 然後再見——！」長捲髮的性感女生莎菲娜由轉角出現，接著又快速消失了。

還好沒有被她調戲，可是看她的樣子似乎不太想見到其他人，手中也沒有吐血龍的精品，在做不可告人的壞事？

算了，不去多想，因為又走到了轉角——

「是盛遠的說？」

什麼？

在這個地方，我遇上了最不想要遇上的熟人——李靜。

「啊哈哈，是啊……我在買大帥的生日禮物。」

不是說轉角遇到愛的嗎？為什麼我會在轉角遇到魔女之後，又遇上了怪力女生！

李靜的手中有一個小小的吐血龍擺設，看她那個滿足的樣子，似乎是想要把它買下。

「哦哦。」李靜先是點了一下頭，然後把心情都寫在臉上的她似乎想到了一個主意。

可是不管李靜想出什麼，又或者想做什麼，有一個重點，那就是絕對不可以讓她知道我是跟官冰蕙一起出來買禮物！

「吐血龍的精品姐姐可是十分在行，絕對可以幫你挑選的說！」李靜拍了一下再拍下去一定會凹陷的平板胸部。

「哎……不用了吧？」

說著的同時，我看到前方出現過不少人物的轉角，又出現了官冰蕙……

如果官冰蕙夠警覺的話，大概會發現背對著她的人正是李靜。我肯定她也不想讓別人知道我們一起去買禮物的事，可是求人不如求己，因此我在心裡默唸「我偽裝著，不露痕跡」的同時靠到吐血龍貨架上，試圖讓官冰蕙看不見我。

「不用客氣，請盡量依賴姐姐的說！」

人算不如天算，李靜的叫聲把官冰薫的目光吸引了過來。

官冰薫發現了我，但她沒有看到比我小一號的李靜，僅指著我說：「你別以為躲在那頭吐血龍後面我就看不見你，不是說要選……選禮物的……小小、小靜？」

「為什麼軍師也在的說？」李靜回頭看了一眼官冰薫，又看了一眼我，問道：「盛遠和軍師在一起選禮物的說？」

手中拿著吐血龍毛娃娃的官冰薫，像過熱的電腦一樣，出現藍色畫面當機了。

我結巴著解釋：「那……是啊……因為要買大帥的生日禮物，所以我就找官冰薫……」

「為什麼不找姐姐的說？」李靜皺起了眉頭，責問道。

「因為……因為……」

李靜追問：「因為什麼的說！」

「妳妳、妳……對，妳今天不是要跟媽媽開荒新副本的嗎？」急中生智的我反問。

對於她們的行程表我可是十分了解……其實是不得不理解，因為如果媽媽不小心錯過了某些限時副本，可是會心情變差的，到時候被媽媽解決掉的就不是遊戲裡的怪物，而是我們兄弟兩人。

「本來是這樣，不過今天似乎伺服器緊急維修的說。」李靜的表情由陰轉晴，用我們幾乎聽不見的聲音自言自語著：「盛遠也會關心姐姐的說。」

「啊、呀……哈哈……」我和官冰蕙也鬆了一口氣，劫後餘生地會心微笑著。

最後在李靜和官冰蕙的幫助下，我在店鋪裡選了一個吐血龍鑰匙圈作為禮物，之後向官冰蕙道別，跟李靜一起回家，結束了假期的最後一天。

這時的我，並不知道接下來將會發生的事，不然怎麼說我都會對官冰蕙坦白，其實我知道她厭惡男生，也會一直幫她在家人面前偽裝下去。至少讓她可以有誰能傾訴，不會被逼進牛角尖……

▼ Chapter.3 ▼

神奇的運氣？場上生物受到致命傷害！

天朗氣清，太陽在天空正常的工作著。如果我是學生會的人，大概就會說一句明天的運動會一定會像現在一樣是大晴天之類的話。

運動會開始的前一天，我和李靜因為需要得到計時員的身分而結伴來到圖書館。

雖然在三個星期前已經結束了我那不正常的打工式寒假，然後我又回到最初的起點，呆呆地在學校，笨拙聽著老師無聊的課……

不對，我是回到戰場才對。

正如其他戰爭本部社員都有不同的學校社團活動來掩飾身分——李靜是手工社、張玲和官冰蕙是棋藝社、蜘蛛是電腦社。

我暗地裡是戰爭本部社員，同時亦是圖書館管理員。

在圖書館的值班之中，我除了放學後的班不能當值外，午飯和休息時間都一定會準時出現，是個全勤的良好管理員。加上消息十分不靈通的圖書館助理老師對我的惡名一無所知，所以還是比較關照我的。

接下來將要完成的任務，我少說也有八到九分的把握。

「不行。」戴著無框玻璃鏡片的助理老師，黑色的馬尾跟著頭部搖動而擺著，「要是江同學早半天跟我說的話，老師還可以安排兩個位置。」

「這樣嗎……」我雙手揉搓著。

李靜輕輕拉了一下正在發呆的我，在我耳邊說：「不不、不是說一定能行的……說？」

「這也是沒辦法的事……」

在更早之前我向官冰蕙誇下海口，說一定可以得到計時員的身分，現在也不知道要如何反擊她接下來如浪濤拍岸的連環嘲諷。

李靜似乎在苦惱著，「怎麼辦的說？」

在不知道要怎麼辦的時候，任誰也怕被問「怎麼辦」、「如何是好」、「有解決方法嗎」等等的問題，我也不例外。

我有點心煩氣躁的大聲回了李靜一句：「我怎麼知道！」

李靜馬上變得不高興，嘟著小嘴。

就在這個時候，看到我們似乎要吵架的助理老師靈光一閃地拍了拍手，說道：「對了、就這樣吧！」

我和李靜像抓住岸邊最後一根稻草的溺水者，睜大眼睛看著助理老師，「怎麼了？」

「我先給你們一份候補計時人員通知書，如果當天有人因病缺席的話，那你們就可以馬上頂替。」

原來是這樣……

不過，已經有工作人員的身分，那些不用參加比賽的人又怎會輕易放棄呢？知道無望的我猶豫了一下，打算拒絕：「這樣就不……」

「好的說！」李靜搶在我說完話之前應道，對我展現出笑顏，彷彿聽到什麼好消息。

看到李靜的表情我突然想到，雖然機會不大，但還是有機會的，武士王不是說過要永不放棄嗎？

我改變主意：「也好。」

「等我一下。」助理老師立即在桌子上的鍵盤敲了數下，把通知書列印出來，「喏，這是通知書。」

「謝謝的說！」李靜與高采烈接過了通知書。

要不是知道這張紙只是通知書，還以為她是在接畢業證書……

我猜李靜的單純思想中，並不在意是不是候補，她一定以為只要得到候補身分就代表完成任務。

「不客氣。」助理老師突然對我眨了眨眼，「江同學對吧？」

「哎？」

「兩個一起嘛，不是很好嗎？」

「唔……謝謝了。」我有種又被人誤解的感覺。

就在助理老師猛對我眨眼以及未能完成任務的情況下，我們回到實驗室。

◆◎◆※◆※◆◎◆

「雖然沒有得到工作人員身分的結果不似預期，但是要走總要飛，車到山前必有路，何況……只要另外安排一下也不是沒有機會，所以別太在意這點小失敗！」張玲很大方地安慰著我們，眼睛更不時瞄向官冰蕙，似乎怕她會生氣。

「嗯。」官冰蕙點了點頭，完全沒有說什麼話來損我。

我看著反應奇怪的官冰蕙，不自覺地指著自己，當著官冰蕙的面前說道：「今天竟然沒有嘲諷我？」

「噗」的一聲，蜘蛛說道：「忍笑，盛遠原來是個被虐狂嗎？」

「哎哎、哎！」李靜瞪大了眼睛，拿起擱在桌上的筆，飛快的在她用來記事的本子上寫東西：盛遠有被虐的喜好（真奇怪！）。

「我才沒有……」我馬上澄清。

張玲試圖把話題引回到接下來的行動上：「大家先別管盛遠是個被虐狂還是個抖M，現在有關運動會的安排上有不明白的地方嗎？」

她是故意的吧？是故意的呢？一定是故意的！抖M和被虐狂不就差不多的意思嗎？這兩個選項哪有讓人選擇的餘地！

「呵。」

官冰蕙掩嘴輕笑了一聲，那不屑的態度讓人十分火大！

原來官冰蕙是改變嘲諷模式，這威力的確增強了不少，我已經有很受傷害的感覺了。

「這次的戰略目的只有一個，就是破壞學校原定的運動會。」張玲打了一個響指，示意官冰蕙開始講述這次的戰術。

官冰蕙又對我不屑的「呵」了一聲，才分發她手上的那一疊紙張。不得不說，她這行為和動作，真是讓人有抓狂的衝動。

「基本上都在這份計畫書裡，呵。」

別再對我「呵」，實在太可惡了！

我深吸了一口氣，把注意力放回到計畫書上。

【ＫＴＡ：無差別破壞】

這次的計畫書僅是薄薄的一張紙，翻開之後，只有一個英文（Kill Them All）簡稱和五個大字，看起來和街邊派發的傳單沒什麼兩樣。

「跟上次的分別也太大了吧！」我指了指計畫書，完全忘記了製作者是個可怕的怪人，高聲問道：「這是什麼意思？」

官冰蕙瞪了我一眼，「不會看文字？」

「哎……」

「我我、我知道的說！」李靜舉起手，像個小學生搶答問題般說道：「一定是可以進行任何破壞運動會行為的說！」

「小靜說得沒錯，這就是本次戰術。」官冰蕙讚賞地點頭，還摸了一下李靜的頭，然後又對我「呵」了一聲。

這絕對是差別待遇！

「皺眉，之前不是說這種暴力方法行不通的嗎？」

感謝蜘蛛先我一步問出我心中的疑問。

「這次情況不一樣。」官冰蕙輕描淡寫說了一句。

「不一樣？」我追問。

「這次情況不一樣。」官冰蕙重複。

我們所有人一致看著官冰蕙，正等待她要說出什麼驚天的偉論又或者什麼讓人不爽的嘲諷時，她卻沒有說下去。

「已經解釋了？」我問道。

「就是現在的情況不一樣，你還有疑問？」官冰蕙今天第二次瞪著我。

「沒、沒有……」在官冰蕙的強大氣場下，我瞬間敗退。

儘管官冰蕙的解釋等於沒解釋，不過她還是接著提出我們各人要完成的任務，「如果盛遠和小靜得到計時員的身分，就找機會把所有初賽的計時紀錄燒毀，決賽的那些紀錄你們盡力就好。如果沒有得到計時員身分，當天還有其他任務分配。」

心裡還有疑惑，但是被「呵」得有點怕的我，只好點頭應道：「沒問題。」

「知道的說！」李靜一聽到有任務，元氣十足地高舉著手應道。

以我對李靜的了解，她一定是因為「無差別破壞」這個戰術而暗地裡高興著，果然是隱藏著暴力因子的怪力雙馬尾女生……

「接下來，蜘蛛就是……大帥會先到……第一天的行動大概就是這樣，大家有沒有不明白的地方？」

官冰蕙像往常那樣分配所有人的任務，也似平常那樣出謀劃策，不過總覺得今天她似乎有那麼一丁點不對勁。

蜘蛛和李靜一個搖頭、一個聳肩，兩人都表示沒有問題。

最後由張玲做出本次會議的總結：「接下來沒有事的話，今天就可以散會了，明天直接到運動場哦！」

「知道了……」

官冰蕙急忙收拾好東西，「我先回家去準備明天的事。」

「嗯……」

這一次的會議在官冰蕙離開後結束。

◆◎◆※◆※◆◎◆

「二年甲班李靜、一年乙班江盛遠，請到司令臺。」

第二天早上，我和李靜在班級集合的時候收到通知，馬上到司令臺報到。

至於會召集我們這兩個候補的原因，說來也十分離奇。聽說大部分的工作人員因為吃早餐時集體食物中毒，而沒有足夠的人手。負責這部分工作的助理老師，因此找上我們這兩個替補。

穿著運動服的我和李靜帶著通知書前往司令臺，這行動就似在進行RPG遊戲一樣，以物換物取得工作人員證件和專用的黑色T恤。

我們本來十分擔心被抓住的情況沒有發生，在司令臺工作的不是徐詩和沙菲娜，更不是正在國外高中進行一星期交流的張鉚，甚至不是學生會的幹部成員。他們只是普通臨時召集的工作人員，連一個老師也沒有出現，似乎真的忙得太過厲害。大家只把我和李靜當成了普通的學生。

在司令臺等著拿T恤的李靜，旁若無人地對我說：「食物中毒，應該是軍師做的說。」

「就是……哈哈……」我搔了搔頭。

司令臺前的工作人員裡有人瞇起眼睛凝視著我們，大概是想要搞明白「軍師」和「集體食物中毒」兩者之間的必然性關係。

李靜完全不知道自己的聲音除了我會聽到之外，還會傳到其他人的耳中，依然喋喋不休地說道：「不過他們食物中毒真是太好了的說——唔——」

我馬上掩著李靜的嘴，向那些一臉想要動刀動槍的工作人員解釋：「她絕對是想說太可惜！太可惜的了……就是那樣。」

「哦哦……」他們似乎被我糊弄過去了。

接過了東西，我拉走李靜，揮手道：「再見了，哈哈……」

雖然發生了這樣那樣的事，不過我們兩人還是得到了工作證。

「嗯……突然食物中毒？會不會有點太過順利呢？」我翻了翻手中的工作人員證件，向李靜問道。

李靜歪了一下頭，「也有一點的說。」

「是學生會的陷阱嗎？」我皺起眉頭。

李靜搖頭，雙馬尾的髮尖掃到我的手臂，讓我抖了一下。她一臉「你別杞人憂天」的表情對我說道：「不會的說！」

「也是，如果我是學生會，會長不在的情況也一定忙得焦頭爛額，又怎麼可能會有空閒來對我設陷阱呢？」

「嗯嗯，一定是因為姐姐時常有扶老太太過馬路才會有大吉好運的說！」

「嗯？」

「一定是因為姐姐時常有扶老太太過馬路才會有大吉好運的說！」

這冷笑話……

我瞄了一眼李靜，她抗議一樣朝我嘟起了小嘴，等待著我的反應。

「唔、哈哈。」為了自身安全，我只好應酬般笑了幾聲，不過這笑話也著實太冷。

穿過幾區觀眾席，我們來到跑道終點的計時區。

「太好了！」助理老師一臉得救了的表情向我們招手，「你們終於來了，還好昨天你們有來找老師，不然現在都不知道該怎麼辦才好。」

「來了的說！」元氣十足的李靜握著拳。

「小靜真乖。」助理老師似乎已經被李靜的親和力征服了。

話說回來，李靜這特技般的親和力對年長一輩來說簡直是四倍傷害，效果群拔！

接下來，助理老師開始向我們講解有關計時器和按鍵的正確使用方法，以及我們需要記錄的東西。

因為沒有足夠人手，我和李靜這對新手需要一人記錄多人的名次。

對於這種只要求心靈手巧的工作，李靜用不了一分鐘就學會，甚至比正在指導的助理老師做得更好。

「小靜真的很聰明呢！」助理老師摸了一下李靜的頭表示讚賞。

「誒嘻嘻……」

只是過了三分鐘，我就由一起學習的新人同伴，變成外人似的存在。我一個人按著計時器，看著對面那對似是姐妹的傢伙妳一言她一語地說著，完全把我拋到一邊去。

我嘆了口氣，無聊地確認一下身邊的景物：後方二十公尺處是無人的觀眾席，左方大約十公尺處是掛著紅十字旗幟的救護站，前方是賽道還有綠色的草地……

話說，有誰要來打擾她們一下嗎？

「甲組一百公尺初賽、乙組一百公尺初賽、丙組一百公尺初賽第一次召集，參賽選手請到賽道起點報到……乙組標槍、丙組推鉛球……重複……」

一定是司令臺那邊的工作人員聽到我心靈的吶喊，馬上傳來比賽召集的廣播。因召集而離開的還有助理老師，她依依不捨的向李靜道別。至於跟我的道別？只是和往常一樣揮了揮手而已。

當助理老師走了之後，賽道終點處就只剩我和李靜兩人。雖然經常一起行動，不過很久沒試過這麼安靜的兩人獨處，總感覺有點尷尬……

對不起，助理老師妳還是回來吧！

「軍師是不是有些奇怪的說？」

「嗯嗯……」本來正呆著的我被嚇了一跳，歪了一下頭，「嗯？」

「沒有發覺嗎？軍師自從寒假回來之後，就變得怪怪的……不對，是自從上一次在吐血龍專賣店遇上之後的說。」

這難道就是天然呆笨蛋傳說中的可怕直覺？

「怎麼了的說？」

「沒、沒事，應該是妳的錯覺吧……」我擺了擺手。

「喔喔……應該是的說……」李靜輕易的被我說服，然後把頭枕到簡易椅子的椅背上，她右手高高舉起，試圖攔著熾熱起來的陽光，又對我說道：「好安靜的說。」

「現在時間還早。」我把口袋裡的賽程表翻出來，「看看……似乎到九點才有比賽。」

「還有一個小時……」李靜整個人像洩氣的皮球軟倒在椅子上，「有點無聊的說。」

因為一直在圖書館當管理員，所以深得解悶之道的我，絕對清楚什麼才是最有效的解悶方法。

「我有好東西！」

說罷，我把收在口袋的智慧型手機拿了出來，十分神氣地說道：「看！」

「嗯？」李靜由椅子上爬了起來，非常意外地睜大了眼睛看著我手上的智慧型手機，問道：「沒有被沒收？為什麼的說？」

「啊……那個……因為我裝作肚子痛到洗手間內躲過檢查！」

我絕對不會告訴李靜，因為班導師搜查到我的時候，遠遠跳開了一步，用發現瘟神的眼神看著我說道：「如果是江同學的話就不用檢查了，其他女生也要小心一點別靠太近，會懷孕的喔！」

可惡，班導師和官冰蕙都絕對在差別對待我這個正直的男高中生！

「可是——」

「現在別說那些了！」為了糊弄過去，我急忙擺手，「我將《武士王》的第一季到第三季都放進記憶卡內，現在可以從第一季的第一集開始看哦！」

李靜木然地張大了嘴，「呀？」

「可以從第一季開始，還是妳想從第二季……嗯？」

「又是看這個？姐姐已經看了三次的說。」李靜彷彿成了沒生命力的軟體動物，再次把頭靠到了椅背，一臉想吐的樣子接著說道：「姐姐不看了，你自己看就好的說。」

「不懂欣賞。」

我點開了放著動畫的資料夾。

李靜完全不明白《武士王》是一套即使看了三百遍也不會感覺悶場的超熱血巨大機械人動畫。

武士王——愛和正義的化身，和平與守護的傳說，打不死的精神！

「那我自己看好了。」

「比賽開始就叫醒姐姐的說。」李靜打算睡一會的樣子。

一個小時過去，我收起手機，喚醒了旁邊已流出口水、說著「不用再添不用再添」夢話的李靜，我肯定她夢裡一定是媽媽不斷幫她添飯的場景。

「誒嘻嘻。」李靜傻笑著，並同時用迅雷不及掩耳的速度把口水擦去。

以為我看不見嗎？真是太天真了！

「各組別的一百公尺初賽快開始了。」

聽說受食物中毒事件的影響，本次運動會的工作人員數量是歷屆中最少，所以不論是學生會還是老師，都是一副匆匆忙忙的樣子。助理老師剛才曾回來把記錄時間的表格交給我，之後她又因其他事務而到另一個地方忙去了。

「呵欠——接下來要行動的說。」李靜打著呵欠說這話時，說服力十分不足。

「嗯。」

「所以要怎麼行動的說？」李靜問出重點。

我搔了一下頭，無奈地說道：「因為這次任務的自由度有點大，所以到現在我還是有點搞不清方向……」

李靜「喔」的一聲，肯定是這句子太深奧了。

「先釐清我們這次的任務吧！」因為張玲和官冰蕙也沒有交代，只好由我們自己來策劃了。我問：「到底是把一開始交上去的時間亂填造成的負面效果大，還是我們留到最後，把決賽賽果破壞的效果大呢？」

李靜握緊了兩個拳頭，一長一短的馬尾在擺著，雙眼放光的說道：「當然是兩個一起完成的說！」

「唔……我當然知道事情是那樣，但魚與熊掌不可兼得。這就出現一個問題，如果我們做了第一項，就會被發現而完成不了第二項。」

「是的說。」李靜難得聽明白了我的話，苦惱地玩著手指，「這很難解決的說……」

擁有怪力的傢伙，腦袋一定很不好使，這點在李靜身上得到完美的印證，所以從一開始我就不是在向她請求解決的方法。

「不能同時完成兩項任務，是在我們一定會被人發現的假設上……如果在第一項完成之後，我們不被人發現，那不就沒有問題嗎？」我帥氣地打了一個響指，再裝作官冰蕙那樣慣性地撥了一下額前的頭髮。

「嗯？」李靜歪頭，一對大大的眼睛眨了眨，像是惡意賣萌，實際上是她真的不知道。

果然，再多一點邏輯性，李靜就完全不行了……

「總而言之，只要我們交上的表格由第三者接觸之後我們才動手，那就萬無一失了！」

「……為什麼的說？」

跟李靜相處得越久，我發覺自己更有當解答人員的體質，不到半秒就想出可以讓李靜能夠理解的說話方式：「如果有人證實過表格是正常之後才動手，我們的嫌疑就會被消除，所以工作人員的身分就可以留到進行第二項行動時，這樣明白了嗎？」

李靜的眼睛亮了起來，給了我一個大姆指，「想不到盛遠原來也會動腦子的說……」被一個永遠只會暴力通關、連簡單邏輯也不會的長短雙馬尾女生告知這種話，讓我有種淡淡的憂傷。

李靜指向起跑點，「似乎要開始的說？」

我轉過頭，看著在起跑線上各就各位的選手……

他們不一的表情，看起來並沒多少興奮，大多都是緊張和不滿。即使成了高中生，人的情緒還是沒有多大的改變。記得國中和小學的時候，我也曾是他們的一員。那時的我真的如同張玲所說，並不喜歡強制參加的體育項目。

本來對這個作戰有點不以為然的我，逐漸理解學校真的是個專制的地方、運動會是展現其專制的解釋——每個人都需要讓這個運動會更熱鬧而參加比賽，被逼著參加而參加。

為了有足夠的人數、為了有足夠的比賽項目、為了看起來更加盛大，一個個虛榮似的東西束縛著學校的運動會，最後變成只有極少數人享受的面子活動。

本來應該用來宣揚正面訊息——永不放棄、體育精神的運動會，似乎早就分崩離析。
直接破壞是最好的做法……我理解了，並開始同意張玲。
「為什麼不說話的說？」李靜拉了一下我的衣袖。
「沒事……」我搖了搖頭，不再繼續在那些問題上糾纏，把注意力拉回到眼前，「要起跑了，怎麼了嗎？」
「嗯嗯，盛遠沒事就好的說。」李靜戳著我的臉，傻傻地笑了起來，「因為你剛才的臉有點可怕的說。」
看到李靜的傻笑，我有變得安心下來的感覺……
嗯？
就在我想要向李靜解釋，又或者把剛才的感覺去掉時，起點處「嗶」的一聲鳴槍，緊隨著第一輪一百公尺初賽開始。
這一定是錯覺！
「看緊一點哦。」我抓緊了手中的計時器。
「好的說！」

在開始的時候我還有點緊張，可是當度過了近十場比賽後，我開始對機械式的工作感到乏味。

在按鍵和填表間，一個小時又再次靜悄悄的過去。一百公尺的所有初賽終於完結，因為要更改起跑點的關係，我們正好有十五分鐘左右的休息時間。

「老師說可以趁現在把表格交上去。」

李靜聞言站起來，伸了一個懶腰。

「接下來是行動的時間！」我說明步驟：「先將這些表格上正常的資料給司令臺的人。在確定沒有問題之後，再由已經變裝了的我潛入，暗地裡做手腳。到時候他們會因為資料出現混亂，接下來的比賽就不得不停擺。」

李靜嘟著小嘴說道：「知道的說……你已經在重複第三次的說！」

「因為要保證這一次的行動不會出問題。」我似乎開始緊張起來。

「姐姐始終覺得還是讓蜘蛛做這事比較好……」李靜拉了一下正在收拾背包，準備到洗手間變裝的我，「蜘蛛比較合適的說。」

「那我們不是沒有作用嗎？更何況蜘蛛還有其他任務要完成。」我輕輕摸了一下李靜的頭，指著放在一旁的背包，「別擔心，我一早就準備好所有東西。」

「你要小心的說。」

「嗯！」

我提起背包，先李靜一步離開，往洗手間的方向走去。

在蜘蛛常說的話當中，有一句我十分認同的名言——

卸妝後還能認出本人的僅是化妝，只有卸妝後認不出來的才是喬裝。

因此每一次我都是以別人絕對無法認出來的目標進行喬裝！

男女生轉換，本來在變裝上就有先天的優勢。任誰也不會在第一次見面，就在腦裡假設眼前的女生原本是男生，所以我的喬裝並沒有被人認出來過！

這次不是盛子樸素的造型，我改變一貫走向，裝扮成濃妝又性感的——莎菲娜。

首先，她的身高和我相差不大，本來唯一的問題是我的小腿腿毛很多，不過今天每個人都按照規定穿著長褲的冬季體育服，正好解決了這個問題。

其次，身為學生會成員之一的她，卻比一般學生會人員來得叛逆，校服甚至髮飾都在違規邊緣。

最後是，今天她行蹤不明，所以不管是出現在哪也不奇怪！

在鏡子前照了一下，長捲假髮加上用了唇彩的性感雙唇，再把冬季體育服穿得稍微暴露的狀態。

一個像真度接近百分之九十的莎菲娜就出現在我的面前。

最後的最後，就是她說話易於掌握，因為很有特色——

「Boy，要給莎菲娜一個擁抱嗎？」

嘗試用她的語氣說話，馬上就把自己雷得外焦內嫩，我果然還是很害怕這個用羽毛撓別人鼻孔的性感女生。

把東西都拾好，再把背包放回到計時站。我看了一下手錶，還有十分鐘才會開始第二輪的比賽。

◆◎◆※◆※◆◎◆

司令臺在跑道外的中間地帶。

正確來說，司令臺上有一張放滿了電腦、文件、文具的長桌，是一個對外辦工的地方，對我們而言並沒有攻占的價值。然而，在司令臺後方有一條通往教室建築物的通道，那才是我來這裡的目的——通往存放各項表格和資料的休息室。

我來得似乎很是時候，司令臺滿員時是十個的工作人員，現在只有三個在工作著，其他都不知所蹤。

「Girls and Boys，工作還順利嗎？」我強忍著吐出來的衝動，向司令臺正忙著的工作人員問道。

「妳不在一點也不順利……話說妳不是早上食物中毒到醫院嗎？不好好休息？」

大概是因為聽到這種熟悉的說話方式，他們頭不抬就知道我是「莎菲娜」。

還好他們十分忙碌，所以壓根沒有那種美國時間理會我，繼續低頭整理著資料。

「莎菲娜的 Sexy Body 可是很強壯的哦！」

說出這句話之後，我恍惚有墜入地獄深淵的罪惡感。

在天國的母親請原諒我吧……

「呵呵……」幾個工作人員的笑聲聽起來很平常，看來李靜平常的詆毀沒有說錯，莎菲娜果然是個會開這種玩笑的碧池（注：Bitch的諧音）。

「你們繼續Busy，莎菲娜還有東西要拿過去……」在說話的同時，我已經慢慢移到了他們身後的通道，「一會回來哦！」

「嗯嗯。」

沒想到那麼順利的我，一步步走到休息室，又回頭看了一眼，那些工作人員還在埋頭苦幹，一切都十分正常的樣子。

果然，大部分學生會的人都「食物中毒」了，不然不會如此鬆懈，更不會沒有人留守這個重要的地方。我輕輕敲門，沒有人回應，扭開門把，推門進去。

眼睛還未習慣，眼前漆黑一片，二話不說，我馬上按下了牆上電燈的開關——

「Unbelievable！竟然會有兩個莎菲娜？」

燈光下，那一步步走出來，穿著冬季長袖體育服、卻異常性感的長捲髮女生——正牌的莎菲娜！

等等……

這到底是怎麼一回事？

不過我已經沒有時間去想明白這個問題，當下的第一個反應是馬上轉身逃跑！

「不用跑了！」

身後的退路，不知何時被雙馬尾暴力女徐詩堵住。我頓時明白，學生會的人僅是沒有明著守在這裡，其實他們一直都有放暗哨。

……這是陷阱！

「可惡！」

我望了一眼莎菲娜，又看了一眼徐詩。現在轉身把莎菲娜俘虜成人質？不行，這個選擇完全沒用。上一次李靜就試過，根本不可能對她做任何事，而且我連接觸她都不敢。

那強行突破徐詩的攔阻？也不行，因為前方的雙馬尾女生跟李靜是同等級的怪獸。如果用玄幻小說比喻，就是一拳可以打破晶壁，一腳可以破碎虛空的暴力魔王。

如果這是遊戲世界，那還可以用魔法把她解決掉……

但在現實世界的物理層面上，我完全不可能是徐詩的對手。而且對抗的話，徐詩攻擊我時絕對不會留力，結果只會是我被修理得很慘。

現在最正確的選擇只剩下束手就擒。

「雖然不知道妳的真面目是誰，不過妳還是乖乖投降吧！」徐詩進行勸說，動作卻毫不含糊，拳頭握緊正啪啦啪啦響著，向我步步進逼。

難道運動會開始沒多久，我就要被抓起來了嗎？

不過，這個世界上總有著希望和轉機，就像武士王一直都守護在我身邊一樣——

突然間，一顆小球由徐詩的身後飛來。「噗」的一聲，白色的煙霧瞬間暈開，我和徐詩同樣被這陣煙嗆得睜不開眼。

正當我不知所措之際，手被拉住了。

「氣急敗壞，跟著我快跑！」

……是蜘蛛。

即使我是閉著眼睛，但身體的平衡還是很不錯，加上蜘蛛的能力過硬，帶著人逃脫十分在行。等我睜開眼睛時，已經來到一處無人的觀眾席上。

這裡是遠離司令臺以及隊伍觀眾席的地方，不會有人經過，非常適合作為暫時休息點。

我身邊除了蜘蛛之外，還有李靜。

「任務失敗……」我把頭上的假髮拉下來，心情不爽地說道。

「嗯，盛遠沒事就好的說。」李靜拿出手帕，幫我拭去了眼角因嗆著而流出的眼水。蜘蛛現在的樣子看起來也十分狼狽，「點頭，沒事就好，先重整一下吧。」

我嘆了口氣，點頭同意。

失敗後報告自己如何失敗的滋味一點也不好受。在蜘蛛的幫助下把臉上的濃妝卸下，可是我們三人似是約好一樣，都沉默不說話。

應該說，我們都在等對方先開始說。

「姆」的一聲，李靜難得的很輕很輕地捏了我的手臂一下，看著她那楚楚可憐、哀求著要我先一步開口的眼神，我決定還是自己先來好了。

「蜘蛛怎麼發現我被困的？」

「嘆氣，因為本來的任務無法下手，正打算到休息室那邊碰運氣，想不到會遇上變裝了的你。」蜘蛛無奈地說道。

「無、無法下手？」在我認識蜘蛛以來，這句話我只聽過一次而已……就這一次！

「點頭，本來在偷軟尺時，作為防守方的訓導主任金老師還沒什麼問題，可是在到推鉛球集合點正要動手時，卻發現校工大嬸守在一旁，所以我馬上退了出來。」蜘蛛平淡的語氣中帶著一丁點不甘。

我輕聲嘀咕道：「這跟我和李靜的情況有點相似……」

「聳肩，之後就算我再到跳高和跳遠比賽的區域，校工大嬸竟然比我早一步到達，有種完全被人封鎖了行動、準備著的感覺。」

我用右手捂住嘴，皺起眉頭，回想運動會開始到現在的半天時間，「我們一開始得到計時員身分，到後來變裝順利到司令臺也沒有被人認出……這些本以為是好運，可是現在再對比蜘蛛你的經歷一看，我們所謂的『好運』就像誘餌……」

「誘餌……的說？」

「沒錯，蜘蛛如果沒有及時發現校工，就會像我那樣掉到被人圍捕的陷阱……」我嘆了口氣，搖頭道：「是碰巧，還是對方看穿了我們的行動？」

「對方不可能知道我們的行動計畫的說！」李靜沒有給解釋，只是在反對被學生會看穿行動的說法，也說明她其實單純不服輸而已。

「如果沒有看穿的話，那我們怎麼可能兩次行動都碰壁？」

「搖頭，我也不認為對方可以看穿我們的行動。」蜘蛛似乎想到我引導出來的推論，先一步否定我的懷疑。

「我不是說學生會完全清楚我們的計畫！」我馬上擺手，面對微怒的兩人，耐心地解釋道：「我並不是在失敗之後找藉口，也不是要提出有人洩露計畫，而是……我覺得他們在引導我們進行計畫！」

我不自覺地說出了心中所想——一個完全不可能，但卻像是事實的說法。

想不到蜘蛛的反彈比起剛才更大了。

「反對，我們的作戰不是一板一眼的行動，只是由軍師定下大方向，再由我們自由行動，對方不可能連這一方面也能算得出來！」

「沒錯的說！」李靜十分肯定地說道。

我從沒有聽過蜘蛛用如此肯定的語氣說話。不過，蜘蛛如果肯定我的推論，就代表蜘蛛也認為我們之中有一人出賣戰爭本部……

我搖了搖頭，堅定自己的信念：我們之中絕對沒有背叛者。

「那麼失敗只能歸咎於我們的行動不足了。」我嘆了口氣。

只見李靜皺起眉毛，好像在叨唸著「就是這樣沒錯的說」、「不會有人背叛的說」等等的話語。

▼ Chapter.4 ▼

盛遠擁有神奇的拍攝技巧，使用一張洞察。

這次的作戰檢討並沒有得到什麼有效的解決方案，因此在休息時間快要完結時，我們三人再次分頭行動。

有獨特方法可以在各隊伍通行無阻的蜘蛛，前往福利社等地方找機會，而我和李靜則是回到終點的計時區打著再次潛伏的打算。

「小靜、盛遠！」馬尾髮型的助理老師臉上帶著苦惱的神色，向我們揮著手。

不過老師並不是一個人，在她身旁還有很多我從未見過面、穿著黑色工作人員衣服的學生。而助理老師的表情，讓我有種不太好的預感。

「我們回來了的說……」表情隨情緒變化的李靜，在臉上強拉出笑容向助理老師打了聲招呼後，再目露凶光瞄了一眼那些突然多出來的傢伙，「他們是誰的說？」

「啊……」助理老師似有難言之隱，一陣無法開口的尷尬，支支吾吾道：「那個……」

這個時候，從那群工作人員之中走出一個模樣像極了一頭驕傲小公雞的短髮男生，語氣帶著不屑道：「我們是早上缺席的計時員，因為身體恢復了，所以就回來工作。」

「哈？」我愣了一下。

他言下之意是不需要我們了？

這簡單帶刺的說話，就連不太用腦子的李靜都聽明白了。雖然平常是吉祥物、親和力十足，但只要有戰鬥就二話不說捲起衣袖的暴力雙馬尾李靜，這一次同樣想用絕對暴力教訓一下這隻強出頭的小公雞。

「別衝動。」

為了不讓事情進一步惡化，我按住正要去教訓對方的李靜，轉頭看向助理老師，因為她才是這裡主事的人。

「那個……因為人手已經足夠，所以就……嗯，那個真是謝謝你們早上來幫忙……」助理老師似乎有說不出的苦衷，快要哭出來的樣子，真是我見猶憐。

其實，我肯定計時員就算多出兩個人也沒有問題，所以現在我總算是明白了，早上所謂的「食物中毒」根本是個幌子！

百分之一百，我和李靜在當上計時員的時候，就已經被學生會盯上！

「嗯，沒關係，那我們把工作人員服和工作證交回到司令臺。」

「對不起、對不起……」助理老師背負著深厚的愧疚感，深深向我們鞠躬。

「不用那樣，我們真的沒關係。」我擺擺手，拉著鼓起臉、一言不發的李靜匆匆離開。

「可惡的說！」

李靜要不是被我拉著，她一定會去教訓那個公雞男。

說是我拉著其實也不太正確，因為我是不可能拉得住李靜這頭披著幼女外皮、內在是暴力怪獸的長短雙馬尾女生，所以她要打小公雞也是嘴上說說。

至少我相信在大庭廣眾下，她是不會狠狠毒打小公雞一頓，然而當地點換成在暗角、別人看不到的地方什麼的……

「可惡的說！」李靜的指骨正啪啪作響。

……我就不太敢肯定了。

◆◎◆※◆※◆◎◆

穿過無人的觀眾席，我們來到司令臺。

這時，司令臺的工作人員又換了一批，依然不見莎菲娜和徐詩，也沒有什麼熟悉的臉孔。

唯一相同的是這些人的態度跟那頭小公雞一樣，都對我們很不禮貌。幸好對方很忙，沒有故意為難我和李靜，順利交還東西之後我們就迅速離開了。

「我們……之後要怎麼辦的說？」

被李靜這樣問起時，我才發現自己其實沒有打算，又想了一會才說道：「妳跟大帥和軍師是同一個隊伍的吧？」

「是的說。」

手錶上顯示現在的時間是十點多，也就是說還有兩個小時才到午飯時間。

「那妳先去向大帥報告我們這邊的事，或者直接加入她們有關啦啦隊的行動，然後中午的時候我們再會合！」

「好的說。」

張玲跟我不是同個隊伍，而且我沒有蜘蛛的能力，無法不引人注意的到達張玲所在的觀眾席，而作為戰爭本部大帥的她目標太明顯，身上應該不可能有手機，需要聯絡就只能用最原始的傳話方式。

無所事事的我先回到自己所屬隊伍的觀眾席，無聊的待到中午。

一想到這兩個小時要一個人留在觀眾席，過著被人監視的監獄時間，就高興不起來……

要不要到某個地方去待著呢？可是一想到學生會早上幾乎全知的部署，我打消這個念頭。垂頭喪氣回到所屬隊伍的觀眾席入口，在行動之前，我可不能被學生會的傢伙抓住。

「同學，麻煩出示學生證。」一道女生的聲音傳進了我的耳裡。

我從口袋裡把學生證拿出來。在學生證上方除了標示姓名和入學年份外，還有所屬隊伍。在每一個隊伍的觀眾席入口都有人守著，以防有學生「越獄」。

女生接過了我的學生證，問道：「嗯，是盛遠？」

會叫出我名字的女生很多，可是要滿足「不害怕我」、「沒有馬上彈開」這兩個條件的女生，除了戰爭本部的人之外，只有一個——

「原來妳跟我是同一個隊伍的嗎？」我抬起頭，看著一頭長捲髮，像小孩裝作大人模樣的徐曲。

徐曲掩著嘴說道：「噗，你現在才知道嗎？」

「哎……是的。」

「哼哼，你的膽子真大，竟然忘記了？」徐曲裝作生氣的在我頭上敲了一下，「我在幾星期前就有告訴過你！」

「好像、好像是有那麼一回事。」我拍了一下腦子，三個星期前我可是為了X病毒的事找徐曲解釋了一次，理由被我用什麼電影社的實踐學習胡謅一番，總之單純得跟李靜不相上下的她，毫無意外地相信了我的話。

可能是我的罪惡感太大，所以選擇性遺忘了她跟我說的一些事。

「對了，你整個上午去哪了？」

我苦笑道：「因為一些原因我被叫去當臨時工作人員，不過原本的工作人員又回來，所以我只好回到這裡。」

徐曲點了一下頭，「嗯，那你現在是什麼事也沒有囉？」

「是這樣子沒錯。」

「那本人就代表校園美化社徵召你吧！」徐曲擺出了總司令徵召武士王時的手勢，裝模作樣地說著。

哦哦喔！

果然跟我一樣是喜歡上《武士王》的同志，為了配合她，立即做出跟第一季第十二集裡武士王做過一次的動作——

我左手拍胸，頭昂起，認真地說道：「某，豈敢不從！」

「哈哈……」徐曲馬上笑了起來。

她是我第一個成功布教的朋友，比起看第三遍就厭惡的李靜要成功得多。

「那你在這等我一下，我去拿器材還有工具。」

「喔？」我隨口問道：「我們要做什麼？」

徐曲似乎忘記本職的工作，想了一會，又翻了一下小本子才說道：「就是拍照和收集一下運動會的花絮之類的，嗯，沒錯！」

「那妳在這裡守門口，不就錯過了早上那些比賽的片段嗎？」

「那個……」徐曲臉一紅，不說話。

「那個？」我質疑。

這傢伙當社長有點不太可靠，比起張玲要差太遠了，還好她是無關重要的小社團社長。如果由她來帶領戰爭本部又或者學生會的話，大概馬上就會潰敗吧？

徐曲不敢直視我，別過頭，「因為人家是女生，力氣不大，抬不起器材的東西，何況我也不是沒有好好工作，我有在這裡收集觀眾和啦啦隊的照片……喂！不要用『妳明顯在偷懶』的眼神看人家嘛！」

「妳的確是不務正業。」我揭開她的狡辯，直指核心。

「才沒有啦！」自知理虧的徐曲完全不等我回話，立即往觀眾席上跑去。

雖然我和徐曲像是聊了很久，不過因為在跑道上正進行兩百公尺的比賽，所以大多數人被逼著打氣和看比賽，使用通道的人並不多。

即便有人發現我，以我那麼臭的名聲，大多數人都會選擇無視又或者退避三舍，而不是像徐曲那樣來跟我打招呼。

走到欄柵處，我看著那些正在打氣的啦啦隊，一旁的隊伍幹部們正在整理著一幅幅大字報，還有助理之類的傢伙在刷跑鞋等等的裝備。正在忙碌著的每個人，臉上彷彿披上了一層笑容。

只有他們才是真正的享受著這場運動會……

然而回頭一看，景色卻一百八十度的轉變。在座位上的觀眾，都一副昏昏欲睡的樣子，尤其是那些高一學生更是如此。

不是自己選擇的隊伍，沒有熟悉的朋友，根本不可能擁有共同的榮譽感，即使自己所屬的隊伍輸了比賽，也沒什麼感覺，這大概是專制下的問題。

「盛遠來幫我一下。」

我轉過頭，從樓梯上走下來的是捧著腳架和相機的徐曲。她跟李靜的身形差不多，不過力氣就差很遠，只是兩件東西就走得一顫一顫的，怪不得要找人幫忙。

嗯？她不會是在等我幫她工作吧？

「是哦！因為這東西實在太重了。」

「哦哦……」我一不小心又把心裡話說了出來，還好這次沒有什麼大不了的內容。

這毛病真得改，不然被張玲那個大魔頭聽到後，一定會被她再次威脅。

徐曲辛苦地把東西卸了下來，再指著器材吩咐：「你負責用這一臺，還有抬著這個腳架……嗯，就這樣！」

「為什麼妳就拿那麼一臺小巧的相機！」

徐曲的臉紅了起來，「我是女生嘛……」

可惡，這一句讓我無法辨駁，閉上了嘴，將那有半個人高的腳架揹起，又將有著長鏡頭的相機掛到脖子上，最後揹上相機用的各個鏡頭部件。

「這校園美化社也太富有了吧！」對比起用紙箱的戰爭本部，已經不是同一個次元了。

「這些都是前輩們留下來的裝備。」說著的同時，徐曲突然伸出手幫我整理衣領，「你站著。」

「怎麼了？」

因為身高的關係，徐曲幾乎貼到我的身上，軟乎乎的感覺。比起李靜，她身上的香味更重，像甜瓜一樣的香氣傳入我的鼻腔裡。

「……靠太近、太近了。」

她像是沒聽見我的話，又翻了一下我肩上的帶子和衣領，整理好之後拍了拍，嘻嘻地微笑道：「好了、好了，這就行了！」

「嗯……」

我轉頭看了一下，還好李靜不在，不然腰間的軟肉就要承受暴力的對待……

等等，我為什麼要在意她在不在？還有，我和徐曲之間絕對只是朋友互動！

「喂？」

沒錯，就是朋友之間很普通的互動，整理一下衣服什麼的太平常了。

「喂──」

不是有朋友在高興的時候擁抱嗎？在終點線上還有不認識的人因為勝利的喜悅而抱在一起，所以根本不是什麼大不了──

「哎呀！」

「別發呆了，要行動哦！」徐曲狠狠地拍了一下我的頭。

「是是、是！」我回過神，馬上應道。

裝備完畢的我，就像個苦力跟班一樣，把所有東西帶上。正常來說，我是需要戴上工作人員證，不過因為跟學生會的過節，所以我不想再到司令臺去領工作證，就隨便拿了徐曲的工作人員帽子，戴到頭上以作掩飾。

「先去哪裡好呢？」徐曲把輕巧的數位相機頂在嘴唇邊說道：「我們先到田賽那邊採訪好嗎？」

我估算了一下現在身處的觀眾席跟那些草地的距離……大概有近一百公尺，要是再揹著這麼多東西走過去的話，我一定會斷氣。

「還是先拍一下兩百公尺的起點吧！」我指著不遠處被數個穿黑衣的工作人員包圍的起點。目測起點跟這裡的距離很近，要是走過去的話花不到兩分鐘的時間，而且拍起步照片我也可以放下背上沉重的腳架……

重點是兩百公尺的比賽至少要到午飯前才會結束！所以拍照和採訪絕對會用掉大量時間！唯一比起田賽差的，只是沒有林蔭，太陽直射下來，皮膚會很快就紅起來。

「對了，你會用長鏡頭的相機嗎？」本來在前方領著走的徐曲轉頭看著我問道。

「……哎？」我猶豫了一下，如果說是智慧型手機的照相功能，我還是十分在行，可是說到什麼長鏡頭，我就絕對不行了。這是我第一次碰到這看似厲害，實際上也是很厲害的照相機……

徐曲急忙追問：「會不會？」

「不是有、有腳架嗎？」我故意不說自己不會長鏡頭的相機，因為男生不會拍照總感覺像傻瓜一樣！

我的形象也會因此在徐曲的心裡變差，所以我才不會自曝其短。

「也是，廣告上不是有說過嗎？」徐曲不懂卻裝作很懂的樣子，點頭說道：「只要有腳架，就連一顆西瓜也可以拍出一張好照片！」

「沒錯、沒錯！」

這時的我還天真的認為用長鏡頭相機拍照，只不過是一件簡單按下按鈕的事情。

可惜我完全沒有想到事情會發展成那個不可收拾的情況。兩百公尺初賽的尾聲，徐曲抽空去了田賽那邊探路的時候……

「盛遠？」

當我安裝好腳架，拍完第八次起跑，自信自己的攝影技術已經突破天際的同時，我又被人叫住了。

我回過頭，身後是一名掛著號碼牌的短跑選手，也是曾經一起回家，然後散播我是「極惡（略）魔王」謠言的一號男同學。

「你好……」因為每次遇上他都沒有好事發生，所以我馬上四處張望。幸好沒有發現應該跟一號男同學協同作戰的二號和三號女同學。

「怪不得在觀眾席找不到你，原來你在當工作人員什麼的。」一號男同學說出了很像朋友的發言。

「是、是嗎？」我的警戒級別馬上由綠色變成了最高級別的紅色，因為……他接近我一定是不懷好意！

他帶著一張笑臉走過來，拍著我的肩膀，「別那麼見外，我們是好同學嘛！」

我退後一大步，「你到底找我有什麼事！」

他指著自己身上的號碼牌，「沒看到我是選手唄！」

「是、是……」

「話說啦——」他一次突進，我猝不及防之下，被他用手臂扣住了脖子。然後，就像是密謀什麼似的，對我輕聲問道：「你到底有什麼特別技巧，也告訴一下兄弟我嘛！你可是在我們『秘密會議』中，第一位封為最強把妹手的傢伙。」

「嗯？」

這傢伙不是來尋我開心的吧？「秘密會議」是什麼？再說什麼把妹手好像是那個嘴炮十分強的刺蝟頭青年，不是我好嗎？

「就是把妹、把妹！」他在把妹兩個字上十分執著，彷彿用盡生命的力量也在所不惜。

「你絕對是誤會了……」

他突然猥瑣地笑了起來，一副「你懂的」的表情說道：「你身邊常常有妹子跟著，那個長短雙馬尾的幼女、黑長直髮的校花學姐、某家的千金大小姐，還有傳說中的女僕等等，快給我一招……就一招！兄弟我可不貪心的哦！」

「真的不是……」我擺手。

那些都是戰爭本部的禍害好嗎？根本不能算是妹子。尤其是李靜，那破壞力根本不是人類能做到的。

他皺起眉頭，像是在直指我的良心般指著我，「盛遠，你現在有異性之後，就變得沒人性了嗎？」

我無奈地問道：「這是哪跟哪？」

「哼，枉我還把你當作是真心好兄弟……唉，原來只是我的一廂情願。太失望了，真是讓我太失望了！」說著這話的一號男同學放開了我，帶著比妻子意外死去的基努李維更悲滄的背影，黯然地轉身離開。

不會吧……

為何如此悲滄？為何如此黯然？一定是因為他早餐吃了洋蔥！

不對，原來他一直都把我當作是好兄弟。難道是我一直誤解他嗎？所有的謠言是為了讓我成名而造，會不會是我自己走進誤區以為他在尋我開心呢？

這一刻，我覺得自己不受歡迎怎麼想都不是他的錯。

雖然在把妹這方面，我無法幫助他，不過如果不去跟他說些話，不去挽留這段曾經在我面前的友情，就不配作為一個正直的高中男生！

「喂……」

一號男同學回過頭，「怎麼了？終於想起我們是好兄弟了嗎？」

「那個、那個……如果不嫌棄的話，我也是可以分享一下跟女生相處的經驗。」

「好兄弟！」

接下來，我就把戰爭本部、家人和變裝去除，內容絕對超健全的正直男高中生跟卑鄙、暴力、惡毒、單純的女高中生們的日常告訴了他。

「哦哦……原來是這樣，你也辛苦了……那你現在拍到起步的照片了嗎？」

「是。」我點了點頭，還天真的認為他是我在正常世界中，第二個真心好朋友。

「可以借我看看嗎？」

「可以，不過你不用比賽嗎？」我看了一眼起跑點上正在就位的其他人。沒關係，為了朋友，我可以少拍一次起跑照！

「還沒到我。」說著的同時，他便自顧自地把腳架上的長鏡頭相機拿了下來，笑著對我說道：「知道嗎？我對照相這方面可是十分在行的哦！」

「是嗎？那教我怎麼用吧！」因為對方是男生，所以我很輕易的就在相機這個問題上請教他。

如果讓三十分鐘之後的我再選一次，一定會立即把相機奪回來，然後將這個不速之客趕回去起跑點。

如果有後悔藥的話，世界應該就不會有像我一樣上當受騙的善心人。

「讓我看看你拍了什麼吧！」他三下五除二就打開了我一直都打不開的電子螢幕，按下我本以為沒有用處實際上是將照片顯示在螢幕上的按鈕——

「啊？」

「這是？」

我和他同樣瞪大了眼睛，如果有鏡子在前方，我一定可以看到兩張浮誇又驚訝的臉。

我看著出現在眼前卻又完全不可思議的畫面——最開始的並不是照片，而是一段影片。

「盛遠……」一號男同學瞄了我一眼，那樣子就像是看到了真正的勇者。

「等等，這不是我拍的！」

看著極為珍貴畫面的一號男同學低聲說著：「果然是極惡變態鬼畜捆綁 PLAY 蘿莉控淫棍破壞魔王。」

面對那些鏡頭前正在粉色更衣室裡換衣服的女生們，我義正辭嚴的對他吼道：「我絕對沒有拍過這種東西！」

一號男同學嘴角微微揚起，他現在的樣子跟想到鬼主意的張玲根本沒有兩樣，完全就是一副「我知道你，不用辯駁」的表情。

「真的不是我，相信我好嗎？」

他伸出右手，重重的在我肩膀上拍了一下，「沒關係，我不會說出去的！」

這傢伙一定不相信我……

「不對，你看後面的照片是不是很正常？這些才是我拍！」

為了轉移他的視線，我決定讓他看有關兩百公尺起跑的照片。

「你看看你——」他突然嘻嘻笑著，手指十分猥瑣地指著螢幕上的照片，「這還不是一樣嗎？」

「等等、等等！為什麼會變這樣？」

我張大了嘴，看著螢幕。

影片之後是我拍的幾張徐曲訪問老師還有選手的照片，直到這裡都完全沒有問題，很正常的照片，不過接下來的反差卻十分大。

「盛遠果然是有這種觸角的天才，竟然瞄準了起步姿勢跪下時，那衣領離開脖子的瞬間走光機會，拍下體育系胸部特寫！」

「不是這樣的……」

我承認我是有用長鏡頭的便利去偷瞄，畢竟我是個正常的男高中生，可是我絕對沒有故意拍下這樣的東西！

正當我想要向他再次解釋的時候——

「真不愧是用下身思考的極惡變態鬼畜捆綁 PLAY 蘿莉控淫棍破壞魔王呢！」

聽到熟悉聲音的我轉過頭。

「妳們……」

我們的身後出現二號和三號女同學。一定是因為一號男同學來了，所以又引來二號和三號女同學。

……四面楚歌。

「下流！」曾經跟我關係不錯的二號女同學不屑道。

這是既定展開嗎？是既定展開呢？是既定展開吧！

話說回來，我似乎已經習慣了他們三位一體，像聖父聖子聖靈的出現方式和嘲諷，強裝平淡的我伸出了手，「可以把相機還我嗎？」

習慣這種定式展開的我真心沒有問題嗎？

「好的……」一號男同學由好兄弟變回普通同學。

我一手拿住相機，一手抓住腳架，往洗手間的方向跑去。

不要哭，因為我再也不相信那些突如其來的友情了！果然，我不受歡迎怎麼想都是他們的錯！

「這……他哭了嗎？」一號男同學似乎懷著愧疚感問道。

「似乎是因為被發現做了壞事，落荒而逃呢！」三號女同學疑似指出重點。

「下流！」二號女同學依然鄙視我。

我邊跑邊對自己打氣。

我才沒有哭……

擦了一下眼角的汗水，快步走進洗手間。現在什麼事也不重要，最重要的事只有一件，就是要在徐曲看到照片和影片之前，把那些東西都刪掉！

「啪」的一聲，我躲進廁所隔間。我才不相信在這裡還有人會打擾我。按照著一號男同學的方法，我把長鏡頭相機的相簿點開。

一個多小時，我就已經拍了一百多張照片，經過檢查之後，其中大概二十多張是因為技術問題而拍到了一些不太健全的畫面，可能是我不小心按下按鈕所引起。

我帶著一點也不覺得可惜的心情，二話不說按下了刪除按鈕，把那些照片一併刪除。

最後處理的是……

「這影片到底是誰拍下來的呢？」

我深吸了一口氣，為了找出真凶還自己一個清白，我決定完完整整地看一遍！

「一切都是為了藍色而清淨的世界！」

說罷，我點開隱藏著秘密的影片——

畫面一開始並沒有拍到拍攝者，不過由震蕩以及時而被掩蔽的畫面，還有被隨意放到椅子上的情況來看……

「噗」的一聲，鼻血差點就噴了出來。我捏住了鼻梁，止住試圖流出來的血水。

為什麼官冰蕙會出現在這影片中？

為了不錯過任何一個有關官冰蕙換衣服的畫面……不對，為了找出線索，我再次倒帶。

看了兩遍之後，我可以肯定這臺相機不是因人為的意志而開啟，是因某種意外的方式而通電並成功開啟。

根據時間和接觸者來看，很有可能是徐曲早上不小心點開而拍下的。

但是，影片的重點已經因官冰蕙的出現而轉移。

我皺起眉頭，這次我並不是發現了任何因意外而誕生的不雅東西，而是——官冰蕙和莎菲娜為什麼會結伴離開更衣室？

這段影片是今天早上拍的，那即是說早上的時候，莎菲娜跟官冰蕙交流過。

兩個不同陣營的人，兩個針鋒相對的人，兩個不同性格的人，為什麼會在戰爭時走到一起？而且她們之間還有著交流。

我閉上眼睛，回想起上午的失敗、早上時的猜測。

「不會是……那樣吧？」

雖然今天的氣溫已漸漸回暖，可是這一刻我如墮冰窖。

▼ Chapter.5 ▼

接二連三的失敗，生命值下降至十點！

中午，戰爭本部原定的午餐會被張玲以啦啦隊要練習為由而取消。本來在運動場門外等著的我，還有趕來傳話的蜘蛛，都成了傻瓜一樣的存在。

不過，這正好給我機會把官冰蕙疑似跟莎菲娜聯繫的消息告訴蜘蛛。

……為什麼不是其他的成員？

作為大帥的張玲不會相信我，更不會把它當作一回事，因為她太自信；李靜的腦子處理這種事情時有百分之百會當機，然後使用暴力質問，於事無補；向官冰蕙本人提問的選項被我一開始就放棄，因為這比在物理層面上擊到李靜難了不止一個等級。

最後我唯有選擇冷靜、做事有條有理、腦子比較像正常人的蜘蛛作為傾訴的對象，希望可以有好的建議。

「嘆氣，這事我明白了，雖然不想調查自己的同伴，不過為了還軍師清白，我會單獨行動，你不用聲張。」蜘蛛的心情似乎並不太好，眉頭緊皺著。

「好。」我點了一下頭，把事件交給蜘蛛之後，就決定對這事完全放手。

然後……

我往邊運動場門口看去，都是一對或是一組的同學在走著，如果這時以一個人的姿態走出運動場的話，一定會讓人以為我是個孤獨精。

盡力避免這種情況的我，試著向蜘蛛問道：「既然她們不來，我們要不要一起……」

「拒絕，我喜歡一個人吃午餐。」

說罷，蜘蛛就轉身離開。

「哎？但是……」在速食店打工的時候就知道蜘蛛有這個習慣，不過火氣看來不是一般的大。

「嚴正拒絕，再跟來我就把你綁在樹上。」蜘蛛回頭瞪了我一眼，指著旁邊的大樹，似乎對我兩次懷疑戰爭本部的成員感到不滿，把火氣都撒到我身上。

「唉……有消息就跟我聯繫。」我嘆了口氣。

「揮手，再見。」

……好吧，這裡的傻瓜和孤獨精就只有我一個而已。

看向蔚藍的天空，我頓感人生寂寞如雪。

被逼習慣孤獨、名聲極差的我，在學校也沒有朋友一起分享午餐，連在進行任務時亦失敗收場，到了現在更和同伴產生嫌隙。

難道我就應該是那種一個人靜靜地坐在角落，吃著從福利社買的麵包，誰也不會理會的極惡（略）魔王嗎？

可惡……早知如此，我剛剛就不應該推掉徐曲的邀請。現在她應該跟朋友一起吃著什麼、聊著什麼……會不會談到我呢？又或者想起還有我這個朋友呢？

真是讓人妒嫉。

化身孤獨精的我唯一的改變是由學校教室變成運動場，但獨自一人午餐的行為卻沒半點分別。

在附近的商店徘徊了一會，最後還是到麵包店，買了一盒看起來有點平凡的三明治，然後找了一個只有我存在的公園裡坐下，再翻出口袋中的智慧型手機，打算一邊看《武士王》，一邊享受著白麵包和火腿片組成的午餐。

就似某種可以用死神鎌刀剪開的臨終走馬燈，看到三明治的瞬間，讓我想起阿Q的精神勝利法。

試著以我現在的場景演繹了一下——

「享用午餐才不需要別人的陪同，那是軟弱的傢伙的想法，有武士王以及維持生命的食物——足矣！」

足矣？

一陣還未退去的寒意襲來，我不自覺地打了個冷顫……

還好旁邊沒有人在，我這奇怪的行為還真是有種羞恥 PLAY 的感覺。

為了洗去腦裡的不自在和羞恥感，我開始計算剩下的時間。

午餐的時間是一個半小時，一集《武士王》是二十二分鐘，我剛才買麵包用了十分鐘。如果沒有意外出現的話，在這個午飯時間，能夠看完最多三集的《武士王》。

當然，我的高中生活由開始到現在都不平淡，身邊認識的人大多都是麻煩製造體，近半年的生活一向都是高潮迭起、新奇有趣，只有我想像不到，沒有不會發生。重點是只要發生壞事，十有八九都離不開我左右——

「哇哈」的一聲由手機的擴音器井噴而出。

螢幕上，本來斬擊中的武士王，手中刀刃距離敵人的脖子不到一公尺，那足以滅殺敵人的最強一擊，被第三次元的力量硬生生停了下來。

隨即在手機螢幕上出現了一段訊息。

「大帥張玲：盛遠在嗎？」

不在……

在我腦子裡出現過不止一次不去理會張玲的選項。

右耳邊突然出現的天使對我說：「別理會她，把這集剩下不到十五分鐘的《武士王》看完吧。」

左耳旁的惡魔卻馬上道出後果：「如果真的這樣做，那個時常嘿嘿嘿笑，看似很天真，實際上心狠手黑，而且掌握你不少痛腳的張玲絕對會採取行動。」

惡魔的話很可怕，而天使的話很誘人。

不過——

「大帥張玲：我知道你手上有手機，不用裝作不在了。」

我猛然醒過來，如果是按照天使的話做，接下來我的下場必然會異常悲慘，是極致的悲慘……不愧是惡魔，完美掌握了我心中所恐懼的事情，天使你太過天真了！

我拍開了不存在的天使，然後按照惡魔所想，試著顧左右而言他的糊弄張玲，「妳的手機沒有被沒收嗎？」

「大帥張玲：你不也一樣。」

儘管我很想回她一句我的情況特殊，不過……

「既然有手機為什麼還要蜘蛛傳話！」

我在吐槽之後，才發現對方不可能聽到。而一旁更出現了正要清潔公園的大嬸，她推著工具車，十分愕然地看著我這個自言自語的傢伙。

我的臉變得有點熱，快速在手機上再傳了一次由心而發的全力吐槽：「既然有手機為什麼要蜘蛛傳話！」

「大帥張玲：嘿嘿嘿……」

從文字中我就受到她無視我的霸氣。本想再次追問，不過對方是喜歡來陰的大帥，一念及此，我心裡那點衝動就煙消雲散，因為張玲可是戰爭本部的邪惡軸心，為了一點小事得罪她並不可取。

在我心中，如果張玲早出生幾百年，就是另一個武則天，又或許是另一個聖女貞德；如果是早出生七十年的話，她很有機會是亞洲版本的元首也說不定……

果然，大帥這稱號和元首一樣有著無窮的魔力。如果我是編寫中文詞典的人，一定會在大帥的解釋填上無所不能。

「所以找我什麼事？」

「大帥張玲：買三個便當回來，剛才忘了讓蜘蛛告訴你。」

我是僕人嗎？我是僕人呢？我是僕人吧！

我的眼角抽搐了一下，心中有種名為反抗的想法萌芽，而且一發不可收拾——

「如果我說不行呢？」

按下了發訊鍵，就算宇宙的熵發生什麼變化都不關我的事，因為名為叛逆的弓弦在這剎那拉開！

等待回訊的時間，大概有一世紀那麼長，而且我已經準備好接受張玲的怒火——

「大帥張玲：如果我讓小靜在阿姨的耳邊提醒一下，例如，盛遠似乎在做什麼變成女裝的行為，又或者提醒一下小靜上星期放在實驗室的蛋糕其實是某人吃了，甚至跟冰蕙說某人掌握著她的裸照，還有這樣那樣的事……然後，你覺得這能行嗎？」

「我才沒有官冰蕙的裸照！最後一個根本是妳亂說！」掌握了官冰蕙換衣服影片的我心虛的回覆。

「大帥張玲：呵？」

只是看著文字，我就能感受到如同實質凝結的霸氣，生命值在轉瞬間由三十點變成一點，張玲的火球術更是蓄勢待發。我說一個「不」字，就算有埋下秘密的寒冰護體，也會瞬間被防禦零化。

「對不起，要吃什麼，我請客！」

總而言之，我那可笑的革命被制止在萌芽之初。

「大帥張玲：你不用這麼客氣，只是如果你執意要請客，那身為大帥的我其實不太好意思拒絕。」

「不好意思就給我拒絕啊！」我對著手機螢幕用盡全力吐槽，本來清掃到我旁邊的大嬸退了一步，對我露出了一絲彊硬的微笑，然後……

她馬上帶著清潔工具轉身走掉。

可惡！

如同思覺失調的怒吼嚇著正在清潔的大嬸。我才不是精神病！我不受控制地怒吼怎麼想都是張玲的錯！

而且更過分的，是她已經得寸進尺開始點餐——

「大帥張玲：我和小靜要四寶飯，冰蕙說隨便就可以，所以快點回來，我們都餓了……嘿嘿嘿！」

張玲的這幾句文字看起來可疑到極點，但官冰蕙所要求的隨便，到底有什麼玄機？我苦思了十秒，也無法猜出背後所隱藏著的意思，只好回了她一句。

「……知道。」

「大帥張玲：快點哦！」

跟張玲的簡訊就言盡於此，我站起身打算離開公園。我深吸了一口氣，強忍著要把手機甩到地上的衝動。

關上手機的這一刻，我決定在大帥這詞語的解釋上，還要填上「掌握人性」以及「不擇手段」。

我掏出錢包，點算了一下剩餘的資金。本來打工所得的豐厚資金，不知不覺間被我換成了各種武士王精品。曾一度變得漲鼓鼓的錢包，已經開始有乾涸的跡象。

走出公園向清潔大嬸禮貌地揮手道別，試圖改變我在她心裡已經崩壞的形象。

接著找到燒臘店，點餐和付款……

現在的我，應該跟徐曲一起聊天，完成跟朋友共同進餐的成就，為什麼我要做這種跑腿一樣的事啊！

沒精打采的我，帶著便當來到張玲她們三人所在的空地上。

「這是什麼？」

官冰蕙指著打開了的便當，直視著我的雙眸如同北國的寒風，對我投以冰涼的視線，言語中更是滲透出刺骨的寒意。黑色長直髮的她，頃刻把轉春後獨有的濕冷勾了出來。

「這這、這是四寶飯。」我怯怯不安地說道。

「以為我不知道嗎？打開來一看就知道啊！」官冰蕙不屑。

如果我是李靜就會問——

「為什麼軍師還要問的說？」

「小靜乖乖吃飯！」官冰蕙瞪了插話的李靜一眼，冰雪女王的氣勢直捲向我們。

傳說中天不怕地不怕的暴力雙馬尾女生，被女王的氣勢震懾，立即躲到張玲的身後。

「繼續繼續……」張玲也決定避開盛氣凌人的官冰蕙。

「解釋？」

「妳說隨便我就隨便買，又沒有說不想吃什麼……」真正的原因是我貪圖方便，不想再跑一次。

本以為會輕鬆揭過，不過想不到今天的官冰蕙就像是吃了火藥一樣——

「如果我真的是想要同樣的便當，我不是應該說三份，笨蛋！」

「那可能——」

「還辯駁？笨蛋！」

「我又……」

「如果是……但……你根本就……本來還以為……你這跑腿的實在太讓人失望了！」

連續對我說教超過三分鐘的官冰蕙，對便當的怨念已經突破天際，也許如李靜所說、也像我猜測的那樣，官冰蕙真的有點不正常。

「對不起，我下次會注意。」由官冰蕙的隻言片語中，我發現自己果然只是個跑腿的。

「盛遠被人說教的委屈臉真的很可愛……不對，是很可憐的說！」

李靜用著以為我聽不見的音量，一邊吃著便當，一邊對張玲說出意味不明的話。

「就是就是，不過這傢伙也太不爭氣，冰蕙說得很有道理……唉！」

張玲用著同樣的音量，但卻明顯是故意讓我聽見的音量來取笑我。

明明其他啦啦隊成員都可以出外吃午餐，妳們三人卻因為難跟別人合作的原因被別人留下來特訓。

所以說……

現在到底是誰不爭氣？我在心裡狠狠地鄙視著張玲。

官冰蕙又持續說教了一會，終於罵得沒氣力，擺了一下手，然後一小口一小口吃著我買回來、一點都不合她心意的便當。只是她吃起來的樣子，絕對是美滋滋的。

官冰蕙一定想找個沙袋來發洩，而我恰巧成為那個倒楣的沙袋。回想起張玲的「嘿嘿嘿」詭異笑聲，還真的只有壞事會被我遇上。

我抓緊時間吃著還沒有吃完的三明治，再向張玲報告今天早上行動失敗的情況。

至於官冰蕙跟莎菲娜有聯繫的事，就像蜘蛛吩咐的那樣，在沒有真正決定性的證據之前，我還是先把它收在心裡。

「嗯，我已經由小靜的口中知道大概情況。」張玲瞄了一眼官冰蕙。

官冰蕙對上午的行動失敗像是沒影響般，沒提出任何的補救方案、改善和策略性的建議，當真是完完全全的置身事外。

現在看來，官冰蕙格外可疑……

張玲收回望向官冰蕙的視線，轉而看向我，接著問道：「所以你早上都在所屬隊伍的觀眾席上待著？」

「都在待著的說？」李靜也追問道。

我轉過頭，對上了李靜那對圓滾滾的大眼，一種名為害怕的情緒瞬間出現，我小心翼翼地說著：「沒沒、沒有……」

「沒有的說？」

我吸了一口氣，面對步步進逼的李靜，如實地說道：「我遇上校園美化社的社長，然後她就拉著我一起去了拍照和採訪……其實沒什麼，就是很普通的工作……沒錯啦，也不是什麼大事……」

雖然不確定徐曲跟李靜認不認識，不過兩人在X病毒事件中已經照過面。

「哦，是那個人，我好像有見過……嘿嘿嘿！」張玲笑著問道：「小靜不知道？」

李靜的臉上出現「一切盡在掌握中」的罕見表情，沉聲道：「是徐詩的妹妹，名叫徐曲，長捲髮、身高一百五十公分多一點、個性迷糊，是校園美化社的社長以及唯一社員……姐姐有拜託蜘蛛調查的說。」

官冰蕙突然翻出了小本子，認真地說道：「讓我來補充一下，盛遠第一次遇見她是在教學大樓的後梯，此後基本上每個星期五在戰爭本部活動結束之後，都會到校園美化社幫忙，是盛遠在學校裡的朋友，重點是她似乎不知道盛遠的惡名。」

張玲手抵著皺起的眉毛，凝重地說出不明覺厲的話：「這是三方的東宮爭奪戰啦……」

話說回來，她們真心可怕，蜘蛛把所有跟學生會有關係的人都調查得一清二楚嗎？這到底是怎麼辦到的？

「是這樣？」官冰蕙的問題將我由恐懼拉回現實。

「是的……沒錯，就是她。」

「嗯，那就繼續的說。」李靜瞇起眼，手指撓著右邊的馬尾。

我吞了一下口水，本來以為她會有什麼激進的行動，但似乎只是很普通的跟我核對情報……不過，為什麼我要怕她生氣而小心翼翼？

想不通就不再想，我繼續向張玲報告：「我算是重回工作人員的行列。」

「不錯嘛……」張玲這次不是暗示，而是直接望向了官冰蕙問道：「那麼妳有什麼行動建議嗎？」

無法再無視和迴避的官冰蕙點頭，「雖然拍照什麼的根本沒用，而且連買東西都會出錯的人很難讓人信任，不過這種連跑腿都不能勝任的人，還是可以做些小破壞之類的。」

官冰蕙肯定是患了一天不嘲諷我就會死的重病！

我撇了撇嘴，「那具體的行動呢？」

官冰蕙把之前定下的無差別戰術拋了出來，僅是給了我大致方案和破壞的目標——跳高的區域。

跟之前把所有動作都規劃好的官冰蕙，本次行動裡有著根本上的差別，已經可疑到讓我懷疑她是不是真的是官冰蕙，還是只是披著官冰蕙外皮的人。

「晚點再見。」我向她們道別。

在轉身走的時候，李靜趁著官冰蕙和張玲被叫走去練習的同時，拉住了我，「要專注在

War-Club

戰鬥吧
校園戰爭本部
02

作戰的說！」

「嗯？」我歪頭。

「不可以想其他，完成作戰就快點回來，嗯……」李靜按照不會說就打人的慣例，在我的肩膀打了一拳，「小心的說！」

「再見……」

我的肩膀要碎了！

因為她們三人需要加緊練習，所以在討論過後，我尋了一處樹蔭，將被打斷的那一集《武士王》看完。

◆◎◆※◆※◆◎◆

時間過得很快，司令臺的廣播再次傳入耳裡。

「各位工作人員請儘快回到崗位，其他同學則回到自己所屬隊伍的觀眾席上，如有發現潛入其他隊伍的觀眾席，將會有不同的處分。重複……」

我重新戴上了工作人員的帽子，到所屬隊伍拿回器材。

雖然身上有著破壞任務，可是官冰蕙的異常讓我留了一個心眼——在確認沒有任何埋伏之前我是不會動手。

「午安哦！」

徐曲比預計時間還要早一些，手上依然是那部輕巧的數位相機，而我還是個苦力般揹著一大堆東西。

在前往目的地的途中，徐曲跟我交換相機。因為早一步把照片和影片刪去，所以她查看的照片都是超健全的運動會照片！

突然間——

「哎，這這這、這是拍影片的按鈕？」徐曲指著長鏡頭相機的其中一個按鈕，那樣子就像是被海象追趕而驚慌失措的企鵝。

「是啊。」我裝作很隨意、無所謂的應著。

偷瞄了她一眼，只見徐曲本來被太陽曬得微紅的臉，馬上變得比蘋果還要紅。

「怎麼了？不舒服？」我用手背輕輕放在她的額頭前裝作關心她，但……我絕對是明知故問。

在張玲帶領的半年間，我似乎也變得狡猾起來。

「沒沒、沒事！」慌慌張張的徐曲一把推開了我，結結巴巴地宣言：「自自、自己看，各各、各看各的！」

我臉上沒什麼表情，不過在心裡偷樂著，「哦。」

徐曲焦急地不停在記憶卡中翻找著，一定是想起自己不小心在更衣室拍下的影片……犯人就是她！

找了幾分鐘之後，徐曲才向我問道：「你之前有看過這些照片嗎？」

「沒有。」相機裡，由徐曲意外拍下的照片還不到三十張。

嗯……

看著她鬆了口氣的表情，讓我生出想要把原本事情經過告訴她的衝動。不過也就想想而已，這種倒楣事在我身上發生就算了，沒必要把徐曲也拖下水。

可是，為什麼倒楣的事都找上我呢？

這似乎是個不解的謎，難度就像是要在二維空間造出一個克萊因瓶那麼困難！

「沒有呢……」又經過了幾分鐘的努力，徐曲並沒有找到她懷疑自己誤拍下來的影片。確認自己沒有做錯事後，徐曲又變回正常的樣子。

我還是第一次感覺揹黑鍋是那麼的寬心，至少為朋友揹的話，還有種自己很偉大的高大感覺。

「喂……」

徐曲搖了我一下。

「怎麼了？」

「沒事。」

……精神勝利法會成癮。

在接下來的一個多小時裡，我都在工作中度過。當然沒有忘記尋找可能出現的機會，以及從眾多的工作人員和選手中，找出那些來監視我的學生會成員。

兩方面都無功而返，跳高的工作人員十分謹慎，而學生會的成員也是一個都沒有出現在我的面前。

會不會是我太過多心？到底是不是自己懷疑錯了呢？

現在身邊一切沒有任何異常，莎菲娜和官冰蕙只是碰巧遇上，上午的陷阱其實是學生會從其他地方得到消息，而不是從官冰蕙口中得到……

既然是偶然得知，學生會也不會知道我再次成了工作人員，一定不可能會在這裡設下陷阱。那麼，我再不行動就會任務失敗，而破壞被學校控制的運動會的這個目標，則會變得遙不可及。

左右望去，再次確認沒有正在工作卻很不專心看著我的人，也就是說，這裡沒有學生會的人。我深吸了一口氣，現在進行接下來的行動——把跳高成績的紀錄表銷毀。

常言道：智者千慮必有一失，愚者千慮必有一得。

即使是個比李靜還要單純的傢伙，在思考了一千次之後也會想出辦法，更何況是我？觀察和思考。

在拍下丙組跳高準決賽的照片後，我發現了他們一處小漏洞。雖然由男老師負責相關紀錄的看管任務，這在大部分時間來說絕對是萬無一失，就算是李靜的膽子再大，也不敢正面挑戰老師。

不過，留意到所有細節之後，我知道這裡有一個很輕易可以得到紀錄的情況。

男老師除了看管文件和大聲吆喝之外，他是這個區域唯一掛上了紅十字章的急救人員。換句話說，當有人需要急救的話，他就無法看管文件……

如果這個時候有人受傷就好了，可惜現在可以提供支援的同伴並不存在。

徐曲突然拍了我一下，「怎麼了？是曬太久了嗎？」

「沒事。」我心不在焉地搖頭。徐曲雖然是個不錯的選擇，但要讓朋友受傷這是絕不能做的，而且她是學生會幹部徐詩的妹妹，如果因她而事發的話，兩人的關係一定會變差。

「嗯？」

徐曲戳了我的臉一下，「糟糕了，你這樣也沒反應，應該是輕度中暑！」

我搖頭，「我沒事……」

「別亂動，在這等我一下，我去拿點喝的回來，你需要補充水分。」徐曲讓我留在樹蔭下，然後風風火火地跑了。

受傷、受傷和受傷……

傷害無辜的普通人？這不被武士王所容許。

想到了最後，我還是只有一個選項──偽．苦肉計！

在欺瞞的謊言裡得到接近老師的機會，在他們不以為意的瞬間得到文件，再來是身體回復過後得以脫身，雖然事後有機會被人懷疑，可是病人的身分始終有著優勢。

在不知不覺間，我也被戰爭本部訓練成可以獨當一面的變革者。

一步步的走過去，然後利用中暑的偽裝──

第一步，裝作是想要近距離跟老師拍照。

第二步，在接近之後表現出不適。

第三步，暈倒。

老師如我預期般大叫起來：「快！所有人讓開，他中暑了！」

閉著眼睛的我，倒地的位置經過預測正好壓住跳高紀錄的文件，不過我還真是沒想到會如此順利。倒下之後，我的眼睛微微睜開了一道線，男老師正背對著我，指揮旁邊的人散開和把太陽傘搬來。

這個紛亂的時間，正是最好的時機！

當我以為神不知鬼不覺的把文件收到衣服裡的時候，肩膀突然被捏了一下，耳邊傳來熟悉的聲音——

「停手，你已經被學生會的人盯上了。」

是……是蜘蛛？

我重新閉上眼睛。

功虧一簣，說的就是我。雖然不甘心，不過我沒有猶豫，立即放下已經到手的文件，裝作真的中暑般等待被送到醫療站去。

因為蜘蛛不會騙我。

不一會，我就被幾名男生用擔架抬走，陪同我一起離開的還有手上捧著運動飲料，一臉擔心的徐曲。

「都叫你不要亂跑亂動的！」

徐曲手中拿著插上了吸管的飲料，遞到我面前，「來，張嘴。」

徐曲現在的情緒似乎有些激動，但我又不可以告訴她我只是假裝中暑，只好說道：「我自己來就行……」

不得不說，其實我的確有點口渴，有朋友照顧的感覺還真不賴。

「不可以亂動，病人就要聽話。」徐曲瞪了我一眼。

「是……」我悻悻地收回手並張開嘴，貪婪地吸吮著水瓶中的暖和液體。

這一定是朋友間的互動，還好有假裝中暑呢！

朋友間友情表現的畫面很快就被闖進來的蜘蛛所搗亂——

「點頭，我是盛遠的朋友。」

「哦哦喔！」徐曲指著蒙面的蜘蛛，叫道：「你是電影彩排的武士君！我知道你！上一次我真的被騙了！」

「尷尬，是嗎？」

接著徐曲滔滔不絕地把讚美的詞語全用到蜘蛛的身上，連帶作為蜘蛛同伴的我也感到飄飄然的自滿感。

如果蜘蛛不是蒙著面，一定可以看到一張紅得像蘋果的臉。

「別過頭，我的演技還有十分大的進步空間……不對，我有些事要跟盛遠單獨說。」

「那好，我再去拍一下照片，相機先給你保管，你今天好好休息一下哦！」徐曲指了一下床邊木几上的長鏡頭相機。

「我知道了。」

蜘蛛向她道別：「揮手，再見。」

徐曲走了之後，在這間醫療室裡只剩下我們兩人，氣氛一下子冷了下來。

「剛才發生什麼事？」

「握拳，我們被出賣了。」

第一次，我由蜘蛛的話中聽到這麼強烈的情感，比起用漢堡包丟張鉚時更為憤怒。

良久，我問道：「內鬼真的是官冰蕙？」

「搖頭，我不知道，不過一開始學生會部署了不同的人裝作選手在你附近監視，所以你才沒有發覺。」

我嘆了口氣，蜘蛛只是不想說出那個名字，那個被我們信任著的名字。

「現在要怎麼辦？」

「確認，今天運動會還有一個小時，結束之前我們不要行動。」蜘蛛捏著身上的衣服。

對於被人出賣，我們的感受並沒有太大的分別……沒錯，都是十分憤怒！

▼ Chapter.6 ▼

如期而至的問題，滿手都是用不著的牌？

運動會結束後，我來到附近的其中一間咖啡廳，像武士王在出擊前的待命時間一樣。

「盛遠！」

平常最早出現的官冰蕙，今天第一次被奪走了位置。在我面前出現的是李靜，她就像一枚有著兩根尾巴的流星，在街上快步跑過來。

這間咖啡廳有露天的座位也有室內的，我不想再曬太陽而選了室內，因此造成接下來的悲劇——

「砰」的一聲巨響。

因為跑太快，李靜在門外跟玻璃做了一次接觸。

「那邊是玻璃門……」我半掩著臉，突然覺得認識這傢伙有點那啥，有什麼人會像傻瓜一樣撞上玻璃門的？

旁邊的顧客大多都會認為這傢伙是我的妹妹……誰會有這麼一個如此白痴的妹妹！

「姐姐、姐知道那是玻璃門的說！」李靜臉紅了起來，一邊揉著額頭，一邊走過來。

「知道就好，最怕妳看不開再撞一次。」

「誰會再撞的說！」李靜鼓著臉坐到我旁邊，順手拿起我放在餐桌上屬於校園美化社的長鏡頭相機，試圖轉移話題：「這個感覺很厲害的說。」

「喔喔，我也是今天才學會使用方式。」我謙虛地說道。

李靜「喔」的叫了一聲，然後拉著我的衣角，「快點教姐姐用的說。」

雖然不知道李靜是真的想要學，還是想要迴避撞玻璃門的話題。總之，現在的她就像個還沒有得到家長允許，但是想吃兒童餐的小女孩。

旁邊的顧客紛紛向她投來關切、鼓勵的眼神，似乎是為了李靜這個疑似妹妹的女孩加油，以及對我這個疑似長輩的人施壓……

幼兒臉加上幼女體型真有欺騙性！

我對那些人笑了笑，真心想對他們說：別把李靜的年齡搞錯了啊！她不是一直自稱姐姐的嗎？

「知道了、知道了。」為了教她使用手中的相機，我靠到她身旁。

一陣洗髮精的味道傳入我的鼻子，李靜是洗過澡才來，有點香過頭……等等，這好像是媽媽用的洗髮精？

「別發呆的說。」李靜戳了我一下。

「是、是……」我的手指在相機上按下啟動的按鍵，讓早上拍的照片一幅幅重現在那不大不小的螢幕上。

「對了，大帥和軍師不是跟妳一起在啦啦隊那裡練習嗎？」

我記得一個小時前，還在醫療室裡重溫《武士王》動畫的時候，再次在沒有預備的情況下收到張玲的簡訊。

「大帥張玲：先到咖啡廳占個位置，一會總結今天的行動，還有商討明天的作戰。」

儘管張玲這種支使人的態度讓我很不爽，不過這次沒有提出到我家去還算是個好消息。當時在我旁邊的蜘蛛同樣得到這個消息後就再次不知所蹤，也沒有告訴我要去哪。果然MI6的職位名不虛傳，永遠都是神出鬼沒。

「還在換衣服，她們讓姐姐一個人先來的說！」李靜嘻嘻地笑了笑，對自己換衣服最快很自豪。

在我刻意低調處理下，知道我中暑暈倒的人並不多，戰爭本部中就僅有蜘蛛一個人知道。所以李靜完全沒有瞎操心的空間！什麼睡眠中的拳擊、疑似殺人的復健運動、百萬噸飛撲也不需要再用出——這時的我完全沒有死角！

「這裡是兩百公尺的起點……嗯？這是徐曲的說？」

「是是、是啊……」回答時，我突然有種心虛的感覺……一定是我的錯覺。

「你們怎麼靠那麼近？哼哼，下次不可以的說！」

「知道了。」我鬆了口氣，李靜竟然沒有攻擊我，真是太好了……我為什麼要聽她說？

「這是跳高的……還真是拍了不少的說。」李靜肯定著我的努力。

「也沒有太多。」我聳肩道：「要不是需要進行行動，也許還會拍更多。」

「哦哦？」李靜瞪大了眼睛，想起我還有行動要進行，馬上向我問結果：「行動進行得還順利的說？」

我搖頭，正想要回應的時候，蒙著面的蜘蛛完全沒有預警，就像是憑空出現一樣——

「打招呼，這個問題等所有人都到了之後再討論。」

「哇啦——蜘蛛可不可以不要用這種出現方式的說？」李靜拍了下她沒有肉的胸口……沒有拍我真是太好了！

「是啊……」說實話，我也被這個性別不明的蜘蛛嚇了不止一次。

「反對，我喜歡看你們被嚇的蠢臉，還有盛遠給我過來一下。」蜘蛛一定是在笑。

李靜看了一眼我，又望了一眼蜘蛛，似乎搞不明白蜘蛛到底是什麼葫蘆賣什麼藥。

蜘蛛把背上的東西放到椅子上，說道：「撇嘴，不用那麼大驚小怪，占座位是世人所不齒的行為，沒看到職員和其他人都在盯著你們嗎？」

難怪從剛才開始旁邊不斷有視線投到我們的身上，原來不是李靜太可愛，又或者我們聲音太大的關係……

恍然大悟的我站了起來，向李靜確認道：「冰摩卡？」

「是的說！」李靜嘻嘻笑了一聲，似乎很喜歡這種我幫她決定飲料的感覺。

「愕然，你們還真是有默契。」

「唔……」我嘴角不自然地抽搐了一下，如果可以的話，誰想要跟一頭披著幼女外皮、實際是凶猛野獸的怪力女有默契！

有默契的原因只不過是家人時常把李靜拐回家讓我去招待，所以我才好好地、完美地掌握這頭怪獸的習性——

首先，李靜的廚藝為零，除了會用刀切蔬果、製作擺盤、用刀剁肉餅和蝦餅等講求力度和手巧度的工作之外，所有有關煮食的工作都無法勝任。

其次是李靜的食量奇大，比作為發育中男高中生的我還要大，基本上每一餐都是由她把飯菜清理掉。

其三，黃昏時她不喜歡吃東西，相對的會喝特濃的可可、咖啡或是兩者的混合摩卡。

最後，也是最可怕的地方，就是擁有讓長輩對她寵愛有加的特異功能。我家的兩位已經成了她的小奴隸。幸好李靜不是張玲，不然我每天都會被使喚到死。

把以上都省略，我對蜘蛛解釋道：「只是時常被編到一起行動，自然而然就習慣了。」

「微笑，不用否認，我一定會守護盛子的幸福。」

蜘蛛很認真的對我說出不著邊際的話。

「真的不是……」

「加油，我會為盛子打氣的！」

——為何放棄治療？

這一刻我只想對蜘蛛說這句話。

這間咖啡廳的顧客本就不多，點餐的人也是小貓兩三隻，不一會就到了櫃檯前等待食物，但是我肯定蜘蛛叫我出來的原因，不只是點餐和搞笑那麼簡單。

「有話要說？」

「提問，我找不到任何證明軍師有出賣我們的證據，現在我想要知道你的想法，我們真的要在這個時候提出來嗎？」

我皺起眉頭，翻弄著手上取餐的號碼牌，「明天還有一天的作戰，如果不在這時解除誤會的話，接下來我們的行動將會多了很多不必要的顧慮，成功機率會變得更低。」

蜘蛛神色凝重地點了點頭，「同意，那我會在她們來到之後馬上提出，不過你不用附和我，明白嗎？」

「這樣可不行，怎麼可以讓蜘蛛你一個人背負引起分裂的罪名！」

蜘蛛搖了搖頭，「搖頭，我是MI6，本來就應該做所有有關情報和潛入的任務，其中包括監視同伴。這次是我失職了，應該要在更早之前就發現，你放心。」

我愣了一下，這時我才知道戰爭本部的分工似乎有著很細緻的部分，不像我之前以為只是在鬧著玩而已。

「這樣會有問題嗎？」我決定了之後，心裡反而多了忐忑，害怕之後的事會影響戰爭本部成員的關係。

「聳肩，我也希望不是軍師通風報信。」

「那是自然。」

任誰也不希望自己所信任的同伴是叛徒。但是若我們能夠預計到接下來的發展，或許就不會像現在那麼天真……

「我沒有背叛。」

官冰蕙搖了搖頭，別開了視線，聲音不像平常那麼冷冰冰，似乎多了一點點委屈。

「握拳，為什麼我們的行動都被學生會先一步知道、先一步監視、先一步設下陷阱？」

蜘蛛眯起了眼睛，每一個問題都在壓迫著官冰蕙。

戰爭本部中，每個人都有自己的崗位。如果說官冰蕙是戰爭本部的大腦，那蜘蛛就是戰爭本部的耳目。作戰計畫的外洩讓耳目的所有功能都被洞察、行動被封鎖，作為最前線的蜘蛛只能依賴自己的直覺行動，就像摸黑前行。

官冰蕙吸了一口氣，抬起頭直視著蜘蛛，一字一句說道：「我、沒、有、背、叛。」

在這場爭吵中，我並沒有自己想像中的有魄力，從開始到現在，我跟李靜一樣，都是看一眼官冰蕙，又看一眼蜘蛛。事到臨頭我就像一隻縮頭龜，想要說話卻又說不出什麼。

「皺眉，所有計畫妳都知道，所有行動都是妳設計，所有任務都是妳分發，然而學生會卻可以每次都巧合地出現在最合適的地方？這到底是怎麼一回事，告訴我！」

官冰蕙閉口不言。

李靜求救似的看向張玲，張玲卻因這突然展開的爭吵而思考著。

得不到支援的李靜，只好結結巴巴地試著用自己的方法調解：「等等……這不是……嗚，大家都是同伴……不要吵架的說！」

理所當然的，完全沒有人聽李靜說話。

「冷笑，我也想知道官冰蕙到底還是不是同伴！在運動會開始之前，妳不是跟莎菲娜有過交流嗎？」

官冰蕙一點也不意外，神色如常地點了點頭，「的確是有這樣的事。」

蜘蛛的眼睛瞪得老大，聲線帶著微微顫抖，憤怒到極點，咬牙切齒地說道：「不屑，妳們又再度合作是吧？是不是又想用什麼陰謀把戰爭本部連根拔起？妳這個——」

「啪」的一聲，一反平常嘻嘻哈哈的形象，張玲嚴肅起來，單手拍在餐桌上，打斷了蜘蛛的話。

「蜘蛛給我住嘴！」

這聲怒吼，是戰爭本部的心臟張玲所發出。張玲站了起來，視線掃過所有人，最後落到蜘蛛身上。

「以前的事我有參與，更是主導，所扮演的角色比起莎菲娜和冰蕙她們更不光彩。如果有怨氣、還記著以前的事，應該發到我身上！」

張玲說著我所不知的過去，那神情不只是嚴肅，更似一頭被揭開了傷疤的萬獸之王！

「不過我提醒一次，過去的事情在這裡並沒有討論的價值。」

不只是蜘蛛，我和李靜懾於張玲的氣勢而紛紛倒抽了一口冷氣。

知道自己說錯話的蜘蛛也很乾脆地道歉：「低頭，對不起，是我氣昏頭了。」

「小事，知道不對就好了。」張玲擺了一下手。

同時間，我發現四周的顧客和職員都已經盯住了我們這桌五人，有的人甚至拿出了智慧型手機拍攝……

張玲也注意到了，沉聲說道：「這裡不適合討論，我們換個地方吧。」

雖然我知道張玲所謂的換個地方，百分之九十九都是去我家。不過，面對今天的張玲，我發現自己連拒絕的心思也生不出來。

「和好的說？」李靜天真地問道。

「我不參與討論。」官冰蕙搖搖頭，像瀑布一樣的黑色長髮擺了擺，「如果我再摻和下去，只會引起蜘蛛的反感……」

說著的同時，官冰蕙從袋子裡拿出一疊文件放在桌子上，「明天的作戰計畫在這裡，只要按照我的計畫就一定會成功，細節由大帥或是你們自己補完，我還有事情要先離開。」

說罷，穿著運動服的她頭也不回地離開了。

蜘蛛的手握成拳頭，「嘆氣，她竟然不解釋……」

我和李靜不知所措地看著張玲，官冰蕙的行為明顯拂了她的面子，要是處理不當，也許就是另一次的火山爆發。

「你們的確要冷靜一下。」張玲出奇地冷靜，僅是搖了搖頭。

李靜怯生生地拉了一下我的衣角，低聲在我耳邊問道：「現在要怎麼辦的說？」

我會意，馬上舉起手問道：「要繼續嗎？明天的作戰，還有其他……」

「冰蕙雖然不在，不過計畫仍在，今天就到這裡，明天早一點到運動場去，到時我們再開會。」張玲笑著收起了桌上的計畫書。

看到張玲自信的表情，我本來不安的情緒似乎有所舒緩下來。

只不過破裂了的組織，要瞬間復原根本就是不可能的事。

蜘蛛站了起來，「宣言，我不會按照官冰蕙的計畫行事，所以接下來我也不會在席。」

「是嗎？……可以。」張玲擺了擺手，對蜘蛛的行為表示了解。

蜘蛛向張玲點了點頭，「感謝，如果能證明軍師沒有出賣我們的話，我會賠罪。」

「當然，我還有懲罰。」張玲爽朗地笑著。

在這個時候自然是少不了讓氣氛好起來的戰爭本部吉祥物——

「我會參加的說！我會參加的說！」李靜像煩人機械人（注：電玩《爐石戰記：魔獸英雄傳》裡的角色）一樣高舉右手——這個長短雙馬尾的女生正一彈一跳地表示對張玲的支持。

李靜又拉了拉我的衣服，讓我也在這個時表忠心。因為不知道應該怎做，我只好舉起手說道：「我也會。」

張玲點頭給了我們一個大姆指。

儘管到最後還是勉強保持著一起，可是蜘蛛跟官冰蕙的分裂，讓我和李靜都來不及阻止和反應。

可以預期，明天的行動，我們的失敗無法被阻止……

◆◎◆※◆※◆◎◆

「回家的說？」

走出咖啡廳，李靜失去了在張玲和蜘蛛面前偽裝出來的活力和元氣，長短雙馬尾幼女狀高中女生像打了霜的茄子，圓臉和一對大眼都在告訴所有人，她現在憂心忡忡。

話說，這樣子的她卻是有種莫名的可愛……

等等！

我用力地捏著自己的臉。不對，這只是假象！我眼前的李靜如果生活在奇幻世界，可是一拳秒殺巨龍的存在，可愛什麼的絕對是假象！

「捏自己的臉可以提神的說？」李靜伸手來捏我的右頰……

「不是——」

開什麼玩笑！

如果被她捏一下，我的臉還存在嗎？

二話不說，我箭步突前，頭部一轉，同時說道：「我要去照相店了解沖印照片的價格，校園美化社要用到。」

「喔喔……」

不知道是因為沒有得手，還是因為我不跟她一起回家，總之結果是李靜變得更加悶悶不樂，嘟著小嘴道：「好吧，姐姐一個人回去的說。」

「明天見。」我向她道別。

「嗯……」

看著李靜的背影，我的良心突然有種被人責難的感覺。

走了沒幾步，我又轉過頭，看著大街上李靜那孤單又細小的背影。我突然想起朱自清那篇叫作《背影》的文章。雖然只是囫圇吞棗地看過，也用了不正確的對比，不過我發現自己真的很想叫住她，就算什麼都不做，也想要去叫住她……

難道是我變得多愁善感了？

快步追上去。

我猜這時的自己應該是被某種強大意志所影響……沒錯，一定是被精神操縱了！

「李靜等等！」

「嗯？」李靜回過頭。

我覺得很快就會後悔，因為叫住李靜一定是個錯誤的決定。

「陪我去個地方可以嗎？」

李靜呆了一下，歪頭問道：「去哪的說？」

「找官冰蕙。」

李靜突然眼前一亮，重重地點了點頭，「好的說！」

接著我們雄心壯志地踏上尋找官冰蕙的旅程！

尋找官冰蕙的旅程……

尋找官冰蕙的旅程……

尋找官冰蕙的旅程？

說要尋找，我還真的不知道要怎麼找。

「盛遠知道軍師在哪的說？」李靜用混雜著疑問的視線看著我。

我吸了一口氣，在腦海裡翻找出各種有關官冰蕙的記憶和資料，只可惜除了手機號碼、棋社地址、換衣服的畫面、豆腐觸感以及被嘲諷的言語之外，就什麼都沒有了。

「唔……」因為說了大話而覺得羞恥的我半掩著臉問道：「妳有頭緒嗎？」

「沒有的說。」李靜說這話的同時，翻出了手機，沒心沒肺地建議道：「我們可以撥電話問她的說！」

「哎？」

雖然很想提醒李靜，既然她藉故躲避我們，那就不可能會接電話。不過李靜這麼熱心，我還是不去打擊她——

「軍師，我是李靜的說。」李靜疑似跟電話另一頭的官冰蕙說道。

嗯……

猜測出錯，一定是因為撥電話的人是單純的李靜，所以官冰蕙才接。但就算是這樣，官冰蕙也不可能會透露任何訊息。不過李靜這麼熱心，我就別去打擊她——

「軍師說她在文具店的說。」

好吧，一定是因為通話的人是李靜，所以她才沒有戒心，把自己的位置告訴李靜，而且一定不是真的。只是李靜這麼熱心，我就別去打擊她——

「軍師問我要不要去幫她搬東西，她說自己一個人搬不動的說。」

……這很奇怪，明明剛才那副樣子，現在卻找李靜搬東西？這有問題，一定有問題！

「嗯？」

突然間靈光一閃，李靜由開始到現在都沒有提起我，所以官冰蕙才沒有戒心，如果知道我在李靜旁邊，一定會阻止——

「軍師是想我們兩人都去幫忙的說。」

我給了李靜一個大姆指，「我在暗中觀察……哎？」

「不是啦，軍師是想我們兩人都去幫忙的說。」

「我……我們？」我指著自己問道。

「對啊，我們一起去的說。」

……嗯？是我打開的方式不對？

如果官冰蕙真的如我所猜測的那樣有苦難言，那現在她不是應該在內疚和自責之中，等待同伴們的拯救嗎？為什麼現在卻如此乾脆？

話說距離事件也不過是過了一個多小時而已！

總的來說，現在所有猜測都是浮雲，再跟官冰蕙見一面比較實際。

李靜一路上又回復她平常的元氣，由打了霜的茄子變成元氣茄子！

走了十多分鐘，我們來到文具店。門口就站著正在算箱子和貨物的官冰蕙。

「小靜來得正好呢！」官冰蕙輕輕撫著李靜的頭，就像是在哄小狗一樣。

「嗯嗯。」

雖說在外人看起來，這是一幅漂亮大姐姐在照顧小妹妹的畫面，不過因為我認知李靜的力量和官冰蕙的嘲諷力，所以在我看來，這是馴獸師和怪獸的關係……

如果李靜住在球裡，還會在說話時加上「李靜」作為結尾的話，那真是太完美了！

因為這兩人放出的溫馨氛圍，連用沉默技能也無法打斷，所以我只好老老實實地搬東西做苦力，把所有的東西都運回學校去。

看來似乎是布置的用品，有很多不同顏色的紙，還有一些彩球。官冰蕙到底想要用這些來做什麼呢？

幸好校門前並沒有站著學生會的成員，所以我們不用被搜查，直接提著大包小包的物品回到實驗室。

「放這裡就可以。」官冰蕙拍了一下手，指著實驗室的一角，向我說道：「現在我不會跟你們說什麼，不過你們不用擔心，明天的事會解決。」

與其說官冰蕙在解釋，還不如說她在用哄小朋友的方法想要把我們糊弄過去。

把我當小朋友嗎？誰會信官冰蕙的話！

「那就太好了的說！」李靜像是放下了心頭大石那樣被官冰蕙捏著臉。

……是我太天真還是我的確太天真？竟然真的有人會相信這樣的話。

「接下來我自己來就可以了。」官冰蕙慣性地瞪了我一眼，然後把李靜推出實驗室。

雖然什麼也沒問出來，不過官冰蕙給我的感覺似乎真的沒有問題……

「軍師沒事就好的說。」

我皺眉。

難道懷疑錯了嗎？

跟李靜一起離開學校的時候，我以沖印照片的事還未解決跟李靜分道揚鑣。不過，事情沒有這麼簡單，這事情似乎跟我和官冰蕙的偽戀有關，所以我一個人回到戰爭本部所在的實驗室。

「官冰蕙還在嗎？」我象徵式地敲了一下門，再推門而入。這時官冰蕙正在收拾著剛剛買回來的東西。

「回來了……」

官冰蕙的語氣意外的柔和，感覺是早就預料我會回來一樣。

「是不是家裡出了問題？」

「沒事……」

官冰蕙冷冷地瞪了我一眼，只是這樣子看起來絕對不是沒有事那麼簡單。

「妳不像沒事。」

「沒事。」

「她們懷疑了嗎——」

「都說了沒事！」官冰蕙對我吼道：「別以為裝我的男朋友就可以管我的事！」

「可是——」

「不要問，我也不會說。」比起一開始的柔和語氣，官冰蕙接下來的話更是強硬得不可思議，「別多管別人的閒事，只要依著我的方法做就沒有問題！」

明明是想關心她，以及修補她跟戰爭本部的關係，現在反倒變成我多管閒事？

突然被人呵責的我也無法保持冷靜，撒手不管，轉身就跑，「好好好，誰愛管妳的事？再見！」

這傢伙誰愛管誰去管，反正我是不會再幫她的了！

一轉過身——

「什麼男朋友的說？」

在門口旁邊的是不知道為何出現在此的李靜。

突然間，我感覺到了一陣有如實質的殺氣由李靜身上傳出，直壓在我身上。雖然我不明白她為什麼如此憤怒，可是情緒這事誰也說不準……

「不不不不不是！」我猛搖頭，一步步退回到實驗室之中。

這時的我已經沒有去理會官冰蕙的閒暇，李靜這時握緊了拳頭，瞳孔中的她漸漸放大，也即是離我越來越近，然後？

就沒有然後了……

如果官冰蕙沒有進行解釋的話——

「盛遠不是我的男朋友，只是假裝而已！」

李靜正要揮出，快要擊中我小腹的拳頭硬生生停在空中，「嗯？」

官冰蕙嘆了口氣，把假裝男朋友的原因說了出來，當然理由是換成了不想要相親的藉口，而其他的大部分事情都沒有讓李靜知道，隱瞞了下來。

「是這樣的說？」李靜歪頭，不過總感覺她跟官冰蕙一樣，絕對是有點不對勁。

「我真的還有事，先走了！」劫後餘生的我，把兩人留在實驗室，一溜煙跑了。

◆◎◆※◆※◆◎◆

我來到附近的照相沖印店。平常門可羅雀的沖印店，今天稀罕的多出了個客人……

「老闆，還有這一種 File 嗎？」

看著正在問價女生的背影，讓我有種十分熟悉的感覺。雖然是穿著私服，不過那比徐曲要長的捲髮、一雙長腿，還有獨特的高意識系說話方式，十分像我認識的一個女生。

「嗯？」

這一剎那，我想起來了，因為我聽到應該是我活了十六年的人生中，最不想聽見的聲音！我已經認出這個女生是我最不想看到的人……

原路退出！

可惜我的腿已經有半條踏進了門，那閃著紅燈的自動感應鐘正巧響起「噹叮」兩聲。正在向老闆問價的莎菲娜轉過頭，發現了我，嘴角漸漸地勾起，隱藏著的惡意幾乎要把我吞噬。

既然已經看到她，那就打個招呼再走好了，她絕對不可能會抓得住我……沒錯！

「妳、妳好……」

莎菲娜食指輕輕勾了勾下唇，「Hello Boy，今天好像是第一次見到 You，上次有急事，都沒有好好跟你打招呼呢！」

她指的「上次」大概是在吐血龍專賣店時的事，不過我上次見她應該是今天早上的事，她那時可是有好好的跟我「打過招呼」！

「那那、那個沒啥事，我馬上就走，不要找我！」我急忙搖頭，儘管只是由張玲和蜘蛛的簡介中得知這傢伙是學生會的智囊，但只是評語就明白她比起官冰蕙的智慧絕對是不遑多讓，被她盯上我大概死十回還嫌少。

因此，這個女生是我絕對不想再見的存在中排名第一，比起遇上徐詩，我最多會被追著跑，可是落在她手上，一定會被各式各樣的手段摧殘。

至於關於問價的任務？還是逃跑比較實際，反正又不是只有這一間沖印店，我要是被她抓住，會被調戲至死。

不過……

我還是慢了一步，在轉身之前，她的速度出乎了我的預計，一步如箭般上前，勾住了我的手臂。

「難道莎菲娜如此 Ugly，一看到 Me 就要逃跑嗎？」

莎菲娜咬著下唇楚楚可憐，只不過手上的動作一點都不含糊，加重了力道，緊緊地抓住了我。雖然沒有李靜的怪力，但我還是無法在短時間內掙脫。

「妳放放、放放開我！」

「才不會放 You 走哦！」

身體像是被毛衣上的靜電電了一下，不自然地打冷顫，麻痺的感覺蔓延開來。

莎菲娜上世一定是魅魔，不然她為什麼就算是穿著正常的衣服，看起來也異常的性感。僅是說話就讓我有種癢癢的感覺，接觸到皮膚更會開始無力。如果要選擇面對巨獸級怪力女還是面對莎菲娜，我一定會毫不猶豫地選擇怪力女。

「別心急 Boy，莎菲娜有的可是時間——」說著的同時，莎菲娜完全無視了旁邊老闆已經戴上墨鏡，一臉「請不要放閃光」的表情。

被嚇得說不出話的我，試圖用搖頭的方式表達出我的拒絕。

莎菲娜把豐滿的嘴唇移到我的耳邊，輕聲細語地說道：「莎、菲、娜、可、以、慢、慢、跟、你、玩、個、遍。」

「等等、等……絕對不用！」

「跟小蕙蕙不是很親近嗎？到了跟莎菲娜就不行嗎？Boy 你有點偏心哦！」

聽見她說有關官冰蕙的話，我感覺自己似是想到什麼，可是又抓不住，張開了嘴，卻僅能發出似呆瓜般「哈」的一聲。

莎菲娜威嚇：「莎菲娜會捕捉你，再揭開你的Mask，讓所有人都知道，你是個什麼樣的人！」

不寒而慄……

雖然我不知道自己正戴著什麼面具，可是莎菲娜的威脅讓我很不自在。

莎菲娜輕拍了一下我的臉頰後，才放開我退後一步笑道：「哈哈——Just a joke，說笑而已。」

「嗯？」

「戰爭本部的行動莎菲娜都瞭如指掌，就算沒有Prince的帶領，這一次的勝利也是屬於莎菲娜的！」

本來突然出現的想法，因為莎菲娜的話，又再次消失了。不過輸人不輸陣，就算心裡有多怕這個女生，我也不會在這裡服輸！

「那那、那可說不定！」

看吧，結巴已經說明我有多害怕了……

「呵呵呵——」莎菲娜掩嘴大笑了起來，指著她自己的太陽穴，「Boy 你還什麼都不知道，你們的所有行動都在莎菲娜的腦子裡。」

「不用動搖我！」我馬上退開三尺，只要莎菲娜不把身子靠上來，那就什麼都好說。

「Boy，你還是太 Innocent（注：天真）呢……對了，那個假扮莎菲娜的 Girl 是新來的 Member 嗎？唔，感覺你的味道很像她呢！」

「我們有新成員又怎樣，妳管得了嗎？」我色厲內荏地吼著，想要再說出一句反駁的話來給自己打氣。

莎菲娜似乎失去了逗我玩的興趣，擺了擺手，「再見了哦。」

我馬上退到一旁，看著她真的離開之後，才來到老闆的面前，辦起正事。

「我想問沖印的價格是多少，有沒有在某個數量之後可以半價……」我一邊將相機的記憶卡拿出來，一邊說道。可是當我抬起頭時，卻發現他正呆呆地微笑著。

「老闆？」

回過神的老闆給了我一個意味不明的大姆指說道：「少年，你厲害！」

不用想，我已經知道他誤會了什麼。

「絕對沒有，我跟那個人沒關係！」

老闆不相信，以為我在謙虛，「我早就聽說你們學校有個開後宮的，原來就是說你。」

我義正辭嚴地反駁：「那是另有其人。」

「不用否認啦！」老闆拍了一下我的肩膀，一副「我都知道」的蠢臉。

我板著臉問：「還要不要做生意？」

「做做做！不過因為你是開後宮的，所以有五折！」

這世界都是啥跟啥，為什麼一大堆人都誤解我？而且最可惡的還是時常為了後宮主開方便之門！

什麼！張鉚那傢伙竟然可以被推薦到國外交流？還真是活得舒爽！大概在遊學的時候也組織著新的後宮吧？

只要一想像起那個畫面我就開始咬牙切齒了，武士王應該要去懲罰那種人——

「沒錯我是後宮主，所以成交！」

正所謂不用白不用，五折優惠還可以為校園美化社省下不少經費，代價就是裝一下後宮主而已……

「明天再來哦！」

我向老闆道別：「好的。」

雖然得到優惠，可是心情就是爽不起來，有種黯然又悲涼的感覺……奇怪了，我記得午餐好像沒有吃洋蔥。

可惡，紙箱怪人快出來打倒萬惡的後宮主！

▼ Chapter.7 ▼

分裂，最後一點生命值。

春天清晨的街道被霧和橙黃燈光占據，受空氣中飄散的霧氣所阻擋，光線變得朦朧。水分濕潤得似要把行人身上的衣服沾滿水珠才善罷干休。

彷彿被洗刷過一次的光線落在路上，迷迷糊糊的。

濕潤、濕潤和濕潤，就是春天所帶給人們的感受。

「什麼大地回春都是屁話……」我倚在街邊的欄杆，看向街上正要工作或是在買賣的人們，口裡碎唸道。

平日滿滿是人群的早餐店，現在只有零星數人在買吃的。如果是夏天，那些早起晨運的大叔大嬸或許已經在街上走動，可是今天連半個人都沒看見。

果然這種天氣下，任誰都只想留在有除濕機的室內，我當然也是不想早起的人之一。

只可惜蜘蛛用了十萬火急的理由把我喚醒，所以我只好提早兩個小時從床上爬起，先一步來到運動場附近的早餐店。

「遞，這是你的。」

神出鬼沒的蜘蛛不知何時閃到我的旁邊，把早餐交到我手上。

被嚇了一跳的我，絕對不是因為蜘蛛答應請客才出來……

我接過三明治和豆漿，好奇地問道：「你自己不吃嗎？」

儘管我認為蜘蛛是不會把面罩在人面前脫下來，不過還是自討沒趣地問一句。

「搖頭，我在家裡吃過才出來。」

蜘蛛的防禦果然完全沒有死角！

加上在家裡有吃過早餐這點，讓我心中升起無名的妒嫉，酸溜溜地說道：「真好，竟然有家人幫忙做早餐。」

「歪頭，阿姨不做早餐的嗎？」

「哈哈……」我苦笑，搖頭道：「我的家人除了工作、上學和通關限時副本之外，不到下午是不會從床上爬起來的。」

「瞪大眼睛，原來阿姨要上班的嗎？我還以為她是家庭主婦，因為每一次去你家的時候都會遇到她。」蜘蛛拿出小本子記錄，真是喜歡收集情報。

「呃……是……」因為這是家庭問題，所以我放棄解釋。不過就連作為情報專家的蜘蛛也看不穿我媽的真面目，果然她在別人的面前掩飾得很好，難怪親戚和鄰居都沒看穿她是個電玩遊戲宅媽。

「羨慕，你和家人的感情真好。」

「也不是太好……」

蜘蛛到底是哪一隻眼睛看出我跟那三個思想不正常、腦洞很大的傢伙感情好呢？

蜘蛛歪頭。

「還是不說這些了。」我擺手強行終結這個我完全不想透露的話題，問道：「官冰蕙有出現嗎？」

「點頭，她剛剛在排隊買早餐。」

我絕對不會問為什麼她沒看見蜘蛛。因為我們都知道，只要蜘蛛不想出現在別人的面前，就幾乎沒有人能見到，而這正是蜘蛛強大的地方。

「只有一個人？」

「嘆氣，現在是一個人，不過她買了兩份早餐。」

蜘蛛昨天跟官冰蕙已經成了對罵的狀態，可是現在聽蜘蛛的語氣，感覺是不相信官冰蕙會背叛我們，我當然也一樣不希望是她出賣我們。

我試著往好的方向想，微笑著問道：「會不會是跟大帥一起……嗯？」

蜘蛛把手機拿出來，然後按了幾個按鈕，螢幕右上方出現了一個現場直播的「Live」英文單字。

不過重點是畫面——

一個及肩黑髮的女生正趴在電腦桌上，逆「卍」字髮夾跟流出來的口水做著親密接觸。這女生不是別人，正是張玲無誤。

「這這、這是怎麼回事！」

「自信，我駭進大帥家裡的電腦，由她家裡電腦的鏡頭拍下的畫面。」

蜘蛛一點犯罪的自覺都沒有，十分自豪地向我解釋。

話說，這真心恐怖啊！

一陣莫名的寒意滲入身體之中，如果張玲在換衣服而電腦又開著的話，不就什麼都看光？雖說張玲的身材沒官冰蕙那麼好，不過也很有料——

「冷笑，我都聽到了。」

我愣了一下，馬上否認，「不是，我沒有想那樣的事！不對……」

等等，現在不是時候解釋剛才的腦補！

我家的兩臺電腦雖然沒有安裝鏡頭，不過如果被駭進去的話，還是有很多東西可以看到。例如家庭照，又或者有李靜存在的家庭照，又或者是未變裝弟弟的家庭照……

那我家的事不就被蜘蛛知道得一清二楚了嗎？

深吸了一口氣，我指著自己問道：「那我家有駭進去嗎？」

「搖頭，就只有大帥家這樣做，因為要防止張鉚檢查大帥的電腦，其他戰爭本部的成員我都沒有駭進去。」

「哦……」我鬆了一口氣，不過又不放心，再問一次：「真的沒有嗎？」

「輕笑，真的沒有。」

關心自己之外，我當然也要關心一下其他人，「那有駭進過學校又或者學生會的嗎？」

「點頭，學校有試過，不過不成功。學生會的都有駭過進去，只是沒什麼好監視，他們在家裡都不會做任何關於學生會的事。」蜘蛛如數家珍地說道：「微笑，先說一下，官冰蕙的電腦平常不會連接上網，完全封鎖了自己；小靜和你家裡的電腦沒有鏡頭，而且你們沒有被偷竊的風險，所以我才沒有那個美國時間連進去。」

「原來是這樣。」

蜘蛛的理由聽起來很真實，的確連進我家的電腦完全沒有價值，是一點價值都沒有，我就像連被利用的價值都沒有的可憐蟲……

嗚，被蜘蛛這麼一說，總覺得有點悲哀的感覺，還好這種可憐的傢伙還有李靜……不對，跟李靜排在一起讓我由悲哀變得想要大哭的狀態了！

可是——

蜘蛛能給出「沒有被偷竊的風險」這個結論，也就是說應該已經監視了一段時間吧？

「你？」我瞇眼看著眼神真摯的蜘蛛。

難怪蜘蛛可以知道我和家人的關係，那就是說蜘蛛早已知道李靜時常來我家玩？

蜘蛛很合時地拍了拍我的肩膀，「拍肩，作為戰爭本部的成員，我會守護盛子的幸福！」

「那是啥……」

「點頭，不愧是由我手把手教導出來的盛子本體，記住在她們面前也要這樣裝聾作啞才行。」蜘蛛十分認真地說出我完全聽不明白的話。

我搖了搖頭，蜘蛛有可能是在說我和李靜的事，但也有可能在說妹妹（弟弟）的事，不過有一點可以相信，蜘蛛保守秘密的能力很好，所以如果沒有故意洩露出去，我不用擔心消息會交到張玲這個睡覺會流口水的大魔頭手上。

就在這瞬間——

官冰蕙那一頭標誌性的黑色長直髮正一晃一晃、大搖大擺地走出早餐店。那沒有警覺性的樣子，彷彿是在催促我和蜘蛛快點跟蹤她。

我對蜘蛛說：「官冰蕙出來了，似乎是要跟人會合呢！」

「大姆指，盛遠你終於注意到現在是行動中。」

話說，好像是蜘蛛先跟我聊起那個話題的吧？

不管怎樣，我二話不說快速的把三明治塞進嘴裡，骨碌骨碌的用豆漿沖進胃裡，「唔、唔，走了。」

蜘蛛和我開始行動。

太陽出現，霧氣有漸漸消散的跡象。在蜘蛛的教授下，我明白這種天氣對我們跟蹤一方十分有利，即使視野受限，不過被跟蹤方的條件也一樣，所以在暗處的我們就更難被發現。在這種天氣下，只要掌握對方的習慣，正如我和蜘蛛掌握官冰蕙的習慣，我們是優勢方！

本來以為我們所跟蹤的官冰蕙是硬骨頭，因為她一向自大又自詡智謀無雙，感覺在於反跟蹤方面也應該會很厲害。可是現實和想像總是有著很遙遠的距離，官冰蕙被跟蹤專家蜘蛛評為——

「嘆氣，即使是小靜這麼橫衝直撞，也有能力在官冰蕙不知道的情況下一直跟蹤她。」

哈哈，這地球還真是公平的！

即使擁有智慧又擁有美貌，還是有很多方面會被上天收走，例如：警覺性和警覺性，還有警覺性！

尾隨了大概十多分鐘，在運動場附近，昨天我待過的公園裡，官冰蕙遇上了一個人。

蜘蛛和我在遠遠的地方看著。

「可惡，竟然真的是她！」

跟官冰蕙一起的，正是我最不想見到、最害怕見到、最恐懼的女生——莎菲娜。

「小蕙蕙！」

「嗯。」

穿著沒有改動過的學校運動服卻依然十分性感的莎菲娜，跟官冰蕙像姐妹淘一樣，熱情地抱了一下。

擁抱過後，官冰蕙把其中一份早餐交到莎菲娜的手上。

兩人開始輕聲細語地聊著，因為我和蜘蛛的位置有點遠，所以僅聽到一點點。

「唉……」

看到這一幕的我知道，官冰蕙的確完完全全變節了。

果然是官冰蕙把我們的情報交到學生會的手裡，她跟莎菲娜早就串通好。只不過她們的聲音太小，我們根本沒有可以聽見的餘地……

「拭眼，我們走近一點。」蜘蛛指了指官冰蕙身後的大樹。

「嗯？」我瞪大了眼睛，混雜不安情緒的視線看著蜘蛛，「再近一點就會被發現了……喂喂——」

蜘蛛完全沒有給我反應的時間，像根箭矢一樣，在我阻止之前便先一步走了出去。

「果決，我要聽她們在說什麼！」

只是我的擔心有點多餘，蜘蛛的背影在即將散去的霧氣中像是若隱若現的巫山，難以被發現。

前進方式更不是一條直線，蜘蛛會在某些完全沒有遮掩的地方停頓，又會在合適的時間找掩護。奇怪的前進方式，讓官冰蕙和莎菲娜完全沒有發現蜘蛛已經接近。再對照一下官冰蕙兩人的視線，就發現蜘蛛所有停頓的位置都是她們看不到的死角……

官冰蕙和莎菲娜就像兩隻被網子黏上的獵物，等待著蜘蛛收割的一刻。正當我猶豫著是不是要跟上蜘蛛的時候，手機突然震動起來——

「暴力怪獸：妹妹說你已經出門了的說。」

還好簡訊只會震一次。我抬頭看了眼官冰蕙和莎菲娜，她們兩人都沒有聽見，而謹慎的蜘蛛則是用眼神示意我快點離開。

在我再次猶豫時，李靜的另一封簡訊傳來——

「暴力怪獸：在生氣？昨天的事沒問清楚對不起啦，不要生氣好嗎？已經在運動場？早餐吃了沒有的說？」

如果不回應李靜的話，大概又會傳來新一輪的簡訊，就像那些煩人的滋擾電話一樣。

儘管距離她們很遠，可是在這幽靜的環境裡，手機震動所發出的聲音也可以輕易被捕捉，這對我和蜘蛛來說絕對是致命的。

雜事纏身的我向蜘蛛做了一個「抱歉」的口型，然後在神不知鬼不覺下離開了公園。

「沒有生氣，妳在哪？」

「暴力怪獸：在早餐店，快過來的說！」

◆◎◆※◆※◆◎◆

心裡記掛著官冰蕙和蜘蛛的同時，我來到跟李靜約好的地點……其實是剛才的那間早餐店，我離開還不到一個小時。

「這邊的說！」李靜一長一短的馬尾正在一擺一擺有規律的搖著，今天她還是穿著大一號的運動服，摺起了袖口，就像個小學生一樣。

這次的早餐會成員除了李靜之外，那個應該在自己家裡流口水、睡得很香的張玲都已經穿戴整齊的出現在這裡。

張玲眼下的黑眼袋卻騙不了人，昨天晚上應該都在寫行動計畫而沒有睡，不然也不會在電腦前睡著……

張玲皺了一下眉頭，狐疑地問我：「盛遠你這麼早出門幹什麼去了？」一看到張玲的樣子，我又想起剛剛在蜘蛛手機上看到的蠢臉，嘴角馬上守不住，笑了出來，「嘻、嘻……唔、嘻……」

張玲瞇起眼睛，「笑什麼？」

「沒沒、沒有！」我掩著嘴搖頭。打死我也不會說，要是說出來還不知道會不會被張玲折磨至死，又或者找個由頭讓李靜對我使出記憶消除術之類的手段，總之後果是我一定會被打到誰也不認得……

「沒有就算了，趕緊說說今天的計畫，我和小靜還有啦啦隊的晨練。」張玲沒有深究，把看起來很像一回事的文件從包包中拿了出來，交到我的手裡。

「李靜的呢？」我為了掩飾剛才意味不明的笑聲，裝作隨意地問道。

李靜認真地回應：「姐姐已經有一份的說。」

「喔。」

我翻開這次的文件，看起來像樣很多，不再是官冰蕙之前那無差別計畫的兒戲感覺。再仔細一看，還是很有那麼一回事，大多都是遵照官冰蕙的想法，並沒有改變核心。

「破壞啦啦隊的表演，這是由官冰蕙一開始就定下來的目標嗎？」我指出早上時段中的重點問題。

「沒錯，這是冰蕙在一開始就定下來的作戰。」

半個小時之前我才看到官冰蕙通敵，可是現在竟然執行由她制定的作戰計畫？我已經不知道該說些什麼……

李靜似乎注意到什麼，拉了一下我的衣袖，「怎麼的說？」

剛才的事到底要不要告訴她們呢？還是讓蜘蛛來說清楚？

「怎麼了？」張玲也問道。

我搖了搖頭，這次還是由我來說明好了。總不能每次都裝無辜等待別人來扛責任，既然自己是戰爭本部的一分子，就有扛起這個責任的義務。

「今天早上，我是被蜘蛛叫出來的。」

「哦。」張玲一點也不意外，輕搖著頭說道：「那也就是說你們又發現冰蕙跟莎菲娜有交流吧？」

李靜不知所措，「哎？軍師昨天不是說已經……已經解決了的說？」

我無視了李靜的話，直接向張玲匯報：「事件發生在一個小時之前而已，我和蜘蛛看到她們兩人一起——」

張玲伸出了手，擋在我面前，「不用說，我相信冰蕙，不會更改計畫。」

「不更改？這不是自投羅網嗎？」

我瞪大了眼睛，只不過現在沒人來幫助我，只好一個人接著說下去：「萬一官冰蕙真的出賣我們呢？計畫不就被學生會知道了嗎？本來已經近乎失敗的作戰，不就直接宣告完全失敗了嗎？」

張玲用堅定的眼神直視著我。

在這一刻，我明白到自己面對的不是別人，而是一向我行我素的張玲，所以結果早就注定了。

張玲用手抵著眉毛嘆了口氣，「我會依這個計畫進行作戰，因為我不會懷疑同伴，我相信冰蕙。」

李靜跟張玲一樣，意志堅定地說道：「姐姐也相信軍師的說！」

「那好吧……我會跟蜘蛛一起行動。」我擺了擺手，把張玲花了一個晚上趕工出來的作戰計畫交回到她的手上，「對不起。」

張玲接過，臉上露出了殘忍的笑容，「我了解，不過你跟蜘蛛一樣。」

「懲罰嘛，我知道了。」我帥氣地轉身離開。

雖說這時的我對那個所謂的懲罰怕得要命，不過為了證明自己是正確的，為了戰爭本部的作戰，我就像勇敢對抗怪人的武士王一樣，決定迎難而上！

「等等……的說！」

李靜拉住了我的外套，還好這次用的力道不大，只是僅僅把我拉後三步。還記得在我未提醒李靜之前，她有試過把我拉得快要窒息的地步。

「嗯？」

「真的要分裂的說？」李靜嘟起了小嘴，一副「我生氣了」的表情。

「沒事，這次運動會過後，所有人都會重新聚在一起。」我說出了自己也不肯定的話，因為誰也沒有頭緒。

「嗯……」李靜默默的點了點頭。

李靜雖然單純，不過並不蠢，從發生到現在這個結果，她都一直在努力維持。她是這個團隊裡最不想分裂、最敏感的一個。

「妳們繼續吧，我去找蜘蛛，雖然不一起行動，不過我們還是向同一個目標努力。」

李靜放開了我，並在我面前揮舞著拳頭，惡狠狠地威脅道：「運動會結束作戰成功後，姐姐要連同隱瞞姐姐的事，一併狠狠懲罰你的說！」

我吞了一下口水，為了面子強裝鎮定地說道：「儘儘、儘管來吧……」

好可怕，真心可怕！

我是不是要馬上轉回去幫助張玲呢？就算行動失敗被學生會抓住也好，至少不用受李靜和張玲的私刑。

經過激烈的思想鬥爭，我還是忍耐著沒有回歸張玲的隊伍，轉而發了一封簡訊給蜘蛛。

蜘蛛為了給我信心，回覆得十分快，不到五秒鐘的時間，就讓我到運動場裡等著。

◆◎◆※◆※◆◎◆

來到運動場時，太陽已經高高掛在天空，本來擾人的霧氣，像小鬼遇見道士一樣散去。

來到運動場的時間比蜘蛛約定的要早了十多分鐘，不過我身上還有一件事需要解決，就是向徐曲請假，拍攝的事今天可能無法一直幫她的忙。

進入運動場前的第一關——場地門口當值的學生會。

正所謂知己知彼百戰不殆，對於作為敵人的學生會，我也有一定的了解。可是，面前的女生並不是學生會幹部，只能認出她是學生會成員之一，卻想不起她的名字。

我一步步的走近，她緊緊地盯著我，大概是跟我一樣，想不起對方是誰。

最後在穿過門口的時候，她也沒有攔阻，僅皺了一下眉頭的程度。

「到底是誰呢？」我帶著這樣那樣的疑惑，來到自己所屬隊伍的觀眾席。

因為運動會還有一個小時才正式開始，所以這裡沒有隊伍幹部站崗，穿著運動服的我連學生證也不用出示就能輕易進入。

「盛遠。」

徐曲如我昨天說的那樣，在這裡等著。

雖然已經得到她的電話號碼，不過徐曲跟我們不同，是個遵守規矩的好學生，所以運動會進行時，她並沒有帶手機在身上。

「哈，昨天的我實在太弱了，竟然會暈倒……」

徐曲安慰我：「沒有的事！」

聽到的一瞬間我變得感動。徐曲的性格跟戰爭本部，還有班上我所有認識的女生也差太遠了！

如果是官冰蕙的話，就會第一時間嘲諷我；張玲的話，就是用來當作笑料；蜘蛛會趁虛而入，在我暈倒的時候替我化妝；李靜會用她那讀作治療、寫作自殺的方式把我打醒……總而言之，都是可怕的存在。

「盛遠？」徐曲輕推了我一下。

我搖頭，把那些可怕的幻想都搖走。徐曲跟那群不正常人類不一樣實在太好了！接著我如實向她報告道：「今天早上我有其他的事要做，所以不能跟妳一起拍照。」

「這樣的……」徐曲一聽到這句話後露出失望的表情。

因為傷了她的心，讓我有點內疚。為了擺脫這種感覺，我馬上提起有關沖印和下午會去幫她忙的話題：「我昨天已經找到沖印店，老闆還可以給我們半價的優惠。」

「竟然有半價的優惠？」

因為不想讓徐曲知道她不應該知道的存在，我只好說謊：「老闆說因為我們是學生，所以可以便宜一點幫我們沖印。」

徐曲眼睛一亮，拿出了小本子和計算機，說道：「等等，我算算看！」

社長兼任會計、雜務和書記，所以校園美化社的所有財政都是由她來把持，那小本子就記錄了校園美化社的支出和學生會提供的經費。

幾分鐘之後——

「太好了，就算把照片沖印出來之後，我們還有很多經費呢！」徐曲把顯示著數字的計算機遞到我面前。

對戰爭本部來說，這經費數字真是遙不可及……

徐詩是不是開了後門給自己的妹妹？為什麼只有一個人的社團可以有如此多的經費？

雖說很是妒嫉，不過戰爭本部的每一分錢都是我辛苦賺回來的血汗錢，所以用的時候我是甘之如飴……嗚，想到這裡就十分想哭，都是因為那群壞人時常亂用錢的錯！

「咳咳，妳打算剩下的錢要用在哪？」我放棄向徐曲抱怨的想法，好奇地問道。

「唔……我們可以再做一塊橫幅海報，又可以再……又或者留到五週年校慶的時候再用，好難決定呢！」

徐曲皺眉的樣子讓我有股想捏她臉的衝動，儘管她的煩惱在我看來是多麼讓我不忿。

「決定不下來，就之後再決定吧！」跟蜘蛛約好的時間已到，我也是時候要離開了。

「嗯，你要小心一點，別再中暑了！」

在分開各自行動前，徐曲終於重拾笑容。

我在約好的地方等了一會，蜘蛛終於出現，還帶來了一個近乎絕望的消息給我。

「確認，官冰蕙真的背叛了戰爭本部。」

我閉著雙眼，輕輕吐息著，儘管已經知道，可這消息依然震撼著我。

「聽到了什麼嗎？」

蜘蛛的聲音聽起來十分寒冷，就像宇宙邊緣處沒有溫度的空間，「冷笑，官冰蕙先是向莎菲娜確認昨天學生會的戰果，之後把我們今天的作戰計畫告訴她……」

「什麼？」

「握拳，我知道大帥不管怎樣也會選擇相信官冰蕙，所以百分之百不會改變計畫。」

我想起剛才張玲的樣子，還有她的言談，的確就是那麼一回事，點頭說道：「沒錯。」

「掩嘴，大帥如此信任我們，真不知道是件壞事還是好事……」蜘蛛苦澀地說著。

在窮途末路的這時，我依然天真的不想承認落敗，咬牙道：「就算學生會知道計畫也不一定──」

「搖頭，大帥對官冰蕙的信任是絕對的，就像她對我們任何一人，只要是被劃進自己部下的人，她就會相信，所以只有官冰蕙可以讓大帥突然改計畫，重點是我們的理由要能說服大帥……」

「大帥……」我嘆氣，張玲的確做到了蜘蛛所說的那樣，對自己的同伴百分之百信任，但即使是已經證明背叛了的同伴也信任，這是什麼奇怪的想法！

「徬徨，莎菲娜不只是想要阻止大帥，她想要把戰爭本部由學校之中刪除，所以阻止這次的破壞是其中一個目的而已。」

我瞪大了眼睛，難道……難道昨天莎菲娜說要揭開我的面具，就是要直接把戰爭本部打垮的意思？

冒出了一身冷汗的我追問道：「那……會是什麼行動？」

「憤怒，莎菲娜似乎想利用大帥對官冰蕙的信任，把違禁品放到大帥的身上，然後讓大帥退學。」

說到這裡，我皺起眉頭問道：「等等，官冰蕙為什麼要這樣做？」

「搖頭，大帥跟官冰蕙的關係是戰爭本部之中最好的，但是我並不知道原因。」

「你也不知道是嗎？」我馬上就想出了幾個懸在面前的問題：「莎菲娜跟官冰蕙是什麼關係？官冰蕙會不會有什麼痛腳被抓住？如果可以——」

「倒抽一口冷氣，的確有這樣的可能。官冰蕙未加入戰爭本部之前，跟莎菲娜和大帥是學生會的核心幹部，本是朋友，她們三人組成的小組是最有力的會長候選。」

「那是你之前提起的事？」我皺著眉，「所以官冰蕙和莎菲娜的關係是？」

「點頭，莎菲娜跟官冰蕙從小開始就是一起玩的青梅竹馬。」

我也跟著倒抽了一口冷氣，「分裂的原因是一年前的那件事？」

「聳肩，沒錯……不過，如果說有什麼痛腳被抓住的話，肯定有這個可能。畢竟比起官冰蕙的智慧，莎菲娜更不擇手段、更黑暗、更會利用人性，什麼陰險、什麼毒辣、什麼邪惡的她都會用，整個就是黑化的官冰蕙。她認真起來很可怕、十分可怕……」

由這一句就可以看出，其實蜘蛛對莎菲娜極為恐懼，比起我也不遑多讓。果然是莎菲娜天生的氣質問題，如果說官冰蕙是堂堂正正的囂張，莎菲娜就是隱藏暗處的陰險。

蜘蛛似乎知道自己失態，馬上轉移話題道：「確認，我們接下來要怎麼行動？」

「大帥不會聽我們的意見，而李靜沒有主見，只會跟在大帥的身後，所以我們再勸下去也沒有用。」

蜘蛛點點頭，像是在考核我般，等待我把接下來的行動分析出來。因為我跟李靜這傢伙出任務的頻率甚高，所以在面對突發事件時，應變力也訓練了不少。

「我們現在有兩個可行的方案。」我舉起了兩根手指，徐徐地說道：「第一是暗中觀察並收集學生會的罪行，放棄現場抓住莎菲娜和官冰蕙；第二是在事情未發生之前，出手阻止學生會和官冰蕙。」

蜘蛛搖頭，「不對，可行方案應該還有第三個——現場抓住官冰蕙，讓她承受背叛戰爭本部的後果！」

我深吸了一口氣，不作言語。

良久，蜘蛛才說道：「苦笑，我知道我們都不會選擇第三個。我僅是提醒你，不要把不喜歡的方案省去，有時它們才是最正確的方案。」

我沉默了下來。

有時候不是想不到，而是不喜歡去想，這就是蜘蛛提醒我的地方，也是官冰蕙一直都在做的事，編排一次任務的行動果然很麻煩。

我向蜘蛛請求意見：「那我們要怎麼做？」

「自信，第一和第二方案同時進行。」

這話一說出來，我就馬上想通了，「沒錯，我們有兩個人，如果第二個方法不行，我們還有第一個方法進行反戈一擊。」

蜘蛛給了我一個大姆指，「決定，我就在暗中觀察，你在將要發生事情之前阻止。」

我回了蜘蛛一個大姆指，「了解！」

在這一刻我沒有想過，其實自己的行動、蜘蛛的行動，早就落入了別人的計算中。我們就像兩頭牛，完完全全被別人牽著鼻子走，一個個自以為可行的計畫將分崩離析……

我問道：「行動叫什麼名字？」

「笑，『愛國者防禦』作戰計畫，正式開始！」

▼ Chapter.8 ▼

力挽狂瀾的希望，那一張手牌！

所有的事情都在一發不可收拾的狀態，能夠力挽狂瀾的人其實並不存在，正如已經開始崩盤的牌局，不會因一張牌而起死回生……

多蘭高中，運動會中共有四個隊伍，都是以花名來命名，分別為百合、薔薇、紫荊、陶菊。在舉行運動會的期間，有一項不論是誰都十分喜歡的重頭比賽——啦啦隊表演大賽。

「以下是百合隊精心準備的啦啦隊表演，相信大家都已經等得不耐煩了吧？」

我聽到了在觀眾席上的學生難得興奮起來，大聲的起鬨附和。

「是。」

「哦喔！」

「加油！」

支持的聲音雷動，但是在我這個位置上就僅僅能看見表演的一小部分，因為我正躲在司令臺附近的一個鐵櫃裡。由透氣的小孔看出去，能看到的第一個畫面就是換上露出度頗高的啦啦隊服的女生，而正前方就是李靜和張玲所在隊伍的啦啦隊，我可以輕易監視她們兩人。

徐曲和我都屬於百合隊，而張玲三人則是薔薇隊。以排序來說，張玲所在隊伍的啦啦隊表演，會排在百合隊表演後登場。

可是不論我如何在薔薇隊的啦啦隊中找尋，也沒看到官冰蕙的身影，她就像是人間蒸發了一樣。

可惡……

我超想看到官冰蕙穿起這露出度高的啦啦隊服！

在櫃子內的我深深嘆了口氣，盯著難得安靜的李靜和似是老僧入定的張玲，時間漸漸在我潛伏和等待中過去。

在戰爭本部待了半年時間，經過不少歷練和作戰後，我閒時也會去看描述和介紹戰爭的書，以補充欠缺的知識。漸漸的，我對戰爭本部所做的事，甚至是對張玲說的話，有了更深的理解。

有時候，看不見不代表沒有行動，官冰蕙可能在等待她認為最好的時機，因此我依然要在這個狹小的櫃子中潛伏著。

正如我所想，我們戰爭本部到了現在即使再做什麼，都已經輸了，因為以我們現在的情況，目的什麼的根本不可能達到。

我們失去了戰爭中最重要的東西——「大勢」。

不論是哪個時代，戰爭都有一個「真理」——每一場戰爭都是「以多勝少」，真正的「以寡敵眾」並不存在。

「多」的意思不一定是兵多和人多，有時候像十勝十敗論那般，是一種看不見但卻影響很深的東西。

「多」，其中一個意思，是比別人有更多的優勢。

掌握更多的優勢，就有「大勢」，進而主宰這一場戰爭。

現在再回頭看戰爭本部的這次作戰。

在先天條件上，戰爭本部不被學校支持，而且支持我們的學生並沒有被煽動起來。應該說，我們從一開始的作戰根本完全無視了學生這一塊「優勢」，所以在開局的時候就已經處在劣勢之中。

就連我都能想明白，那麼官冰蕙和張玲不可能會不知道，更何況張玲最強的地方就是可以極輕易地煽動不同類型的學生……

這裡的奇怪只可以解釋為張玲絕對信任官冰蕙。

接下來，官冰蕙讓我們落入劣勢的目的就暴露出來——她根本是內鬼。之後的通風報信更是把我們隱蔽性這唯一的「優勢」消滅，作戰全線失敗。

一天多一點時間的作戰，敗在我們和張玲盲目的信任官冰蕙身上。

有點不知應該哭還是怨自己笨……

待在這個櫃子裡等著做的事、我所要做的事，也不過是在挽救戰爭本部的大帥。對於整個運動會作戰於事無補。所有的「勢」都掌握在學生會那邊，一開始定下的目標，我們已經不可能實現。

可惡！

為什麼官冰蕙要背叛？真是怎麼想也不明白。

戰爭果然是讓人快速成長的捷徑，如果是在半年之前的我，絕對不可能把一件事完整分析出來。

但……那又如何？我始終不是英雄，沒有力挽狂瀾的能力……嗯，小補小修卻還是可以，至少要在張玲被抓住前，拯救她！

「喔喔！」

外面傳來歡呼，百合隊的表演結束。這時徐曲應該一個人在忙碌，又是拍照又是採訪，真是太辛苦她了。

下一場是薔薇隊的啦啦隊表演，如果學生會要阻止張玲的行動，就只剩下出場前的這一刻了。

「接下來是薔薇隊……哦哦，剛剛收到通知，薔薇隊的啦啦隊似乎遇上了一點麻煩，要再準備一下，雖然很可惜，但不用太擔心，現在先由紫荊隊頂替登場！」

聽到司儀的這句話，我就知道學生會展開行動了，可是……張玲身邊的人還是那些，一點改變都沒有。

……到底是怎麼回事？難道官冰蕙已經下手了？

薔薇隊的啦啦隊出現了一陣騷亂，維持不到三分鐘就有學生會的人出現，包圍了她們。學生會的人一陣吆喝，那群薔薇隊裡吱吱喳喳的女生才真的安靜下來。

我盯了那麼久，官冰蕙到底是什麼時候把東西放到張玲的身上呢？官冰蕙明明就沒有出現過！

冷靜。

我試著用自己被官冰蕙形容為負的智力，分析現在的場面：學生會的出現，代表已經有讓張玲入罪的把握，也就是說現在張玲身上擁有賊贓，但……

這怎麼可能！

如果在張玲身上，她自己應該一早就發現，即使再怎麼相信官冰蕙也不可能會這麼蠢，把不應該帶在身上的東西放在身上。更何況我和蜘蛛不是一早就警告過她了嗎？

搖了搖頭，我重新想了一遍。可是……得出的結論不是這麼荒謬，就是變得更荒謬。因為學生會無法在眾目睽睽之下栽贓嫁禍，除非他們有隔空存物的能力。

「張玲妳出來。」

這次的學生會人員是由幹部之一——雙馬尾女生徐詩所帶隊。她沒有浪費時間掩飾，直指著啦啦隊裡的張玲。

在張玲身旁的李靜就像被踩中尾巴的貓，二話不說擋在張玲的身前，衝徐詩吼道：「手下敗將，如果要抓大帥，那就來試試的說！」

「手下敗將……」徐詩的嘴角不自然地抽搐了一下，一副進入戰鬥狀態的樣子。

李靜冷哼一聲，又再挑釁道：「再來被我打敗一次的說！」

徐詩跟李靜一樣，都是絕對不明白退一步海闊天空的道理，劍拔弩張之下，兩人的大戰一觸即發之際——

「小靜退開。」

張玲即使知道這次𠕋多吉少，亦出奇的冷靜，順了一下李靜的馬尾，對她搖了搖頭，「不需要戰鬥。」

「可是他們一定不安好心的說……」

「我相信同伴。」張玲看著我所在的方向，彷彿知道我藏身在這鐵櫃子裡，又或許她在想官冰蕙。

「唔……」李靜好像很難理解，用手戳著眉毛，嘆了口氣跟在張玲的身後。

啦啦隊人群中有人在勸張玲不要出去，也有人對學生會的人怒目而視，更有人像李靜一樣默默地跟在張玲的身後。可見張玲在啦啦隊之中，人氣不是一般的高。

不過，她們最後還是被執意前行的張玲說服，讓開了一條通道，讓張玲可以直接走到徐詩的面前。

「翻出口袋裡的東西。」徐詩自信地說道。

我知道不管什麼也好，一切都已經注定。張玲口袋裡的東西，就是壓垮我們的最後一根稻草——

張玲把口袋裡的東西翻出來：一枝筆、小本子、一個吐血龍造型錢包以及用禮物紙包著的小盒子。

在這些東西裡，就只有禮物紙包著的小盒子有可疑。

「這是什麼？」徐詩指著盒子問道。

張玲聳肩，「不知道。」

徐詩一副已經得勝的笑容，「學生會現在懷疑這盒子是違規物品，請拆開包裝的紙。」

李靜似乎也意識到問題出現，試圖搶去盒子，「才不會拆的說！」

然而，張玲沒有讓李靜得手，早在她想搶走之前拆開——

一盒口香糖，校規中明言不准出現在運動會的口香糖。

張玲看著手上的盒子，不屑地笑了，「哈哈……竟然用口香糖這種東西……是想要嘲諷讓我憤怒而失態嗎？」

徐詩臉上一陣青一陣紅，不作言語。

「這東西不是大帥的，是我的說——」

張玲回頭看了一眼李靜，「給我回去啦啦隊，安靜的。」

「棄卒保帥才正確……總之不會回去……一定不回去的說。」李靜越說越小聲，同時猛搖著頭，長短馬尾搖得像絲帶舞。

「唉。」張玲似乎被李靜說服，順了一下李靜的馬尾。

「咳咳。」徐詩無視張玲和李靜的互動，高聲宣布：「張玲妳違反校規第八章第二節，學生會有權停止妳現在進行的任何活動——」

「是第八章二節第三條C，我記得之前有教過妳要好好背所有規章。」說著的同時，張玲把那盒口香糖拋了給徐詩，臉上拉出了微笑，「莎菲娜呢？沒有張鉚在身邊壯膽，所以害怕見到我嗎？」

「我們才、才不會怕……」

徐詩的氣勢瞬間被張玲蓋過，彷彿張玲才是這裡真正的領袖。

「帶走她！」

徐詩為了不讓這種氣氛蔓延，馬上吩咐著旁邊的學生會成員上前把張玲押走。

身為一個擁有很高覺悟的小卒，李靜自然是不會讓這樣的事情發生。她如同粉紅色的彗星，從張玲的身後彈出，翻身落在張玲的身前，展開雙手擺出防禦的架式，如同猛獅一樣大吼：「誰敢來抓的說！」

學生會成員什麼時候見過這樣的場面，馬上被嚇得後退一大步。只有一人沒有被震懾，那就是徐詩。

「不用怕！」徐詩對李靜就沒那麼客氣，大刺刺地指著她，「這個也押走。」

學生會成員聽到了命令，雖然還有點畏懼，不過命令下來，只好硬著頭皮上前抓捕李靜這頭怪獸。

「小靜……」張玲嘆氣。

李靜突然說道：「不可以一個人獨善其身，即使失敗，也要一同吃苦的說！」

這時候理智告訴我，去救她們也於事無補，還不如等待蜘蛛的下一步行動。

李靜即使可以一個打十個，但是在三十多個學生會成員面前，再強也沒有用。更何況徐詩也不是省油的燈，李靜接下來唯一的結果就是被制伏……

可是看著同伴被抓，自己卻完全不作為，根本不是一個正常人可以做得出來的冷血行為！至少在感性上告訴自己，我必須得去。

理智跟感性的衝突，如果是官冰蕙的話應該會選擇等待，只不過我一向都不是理智的人，而且我跟李靜也一樣是戰爭本部的小卒，所以？

我決定，去跟李靜一起瘋狂——

「給我放開大帥！你們這群學生會渣渣！」

我一腳踢開鐵櫃的門，大步衝向把張玲圍住的學生會成員，跟李靜像大帥手下的雙壁，一起擋在張玲的身前。

「盛遠……」李靜呆呆地睜著眼睛。

我對李靜和張玲笑了笑，大聲說道：「嗯，我來了！」

「你出來也沒有用處，還不如找個地方待著……」張玲閉上雙眼，沒好氣地說著，輕輕嘆氣。

只不過我看到張玲的嘴角其實在微笑……

有時候愚蠢的行動，不一定都愚蠢！

「至少讓某個出賣我們的人看看，什麼是道、什麼是義、什麼是同伴！」我學著張玲煽動人的說話方式說道。

「沒錯的說！」

除了啦啦隊的人有小量的騷動之外，學生會的人都沒有被我這話所影響，果然我的能力還是差很多。

張玲輕聲的對自己說，也似是對我們說：「……我依然相信冰蕙。」

我搖了搖頭。

那……接下來？

◆◎◆※◆※◆◎◆

其實在說完漂亮話之後，李靜被徐詩糾纏住，我被學生會成員圍堵的情況下，張玲果斷下了立即放棄抵抗的命令。最後我們三人被押到一間用來放置雜物的房間，限制我們在運動會結束之前的行動自由。

「啪」的一聲，門被關上，我們三人就被丟進沒有人的小房間中，只留下一個小窗口讓外面的學生會成員監視我們。

「還好沒讓我們分開。」我拍了一下胸口，慶幸道。

張玲微笑，「也是。」

我檢查了一次整個房間，是個充滿不同的雜物和工具的地方。其中有沙袋、體育用的墊子、不同的球類等等，唯一沒有的就是椅子。

「來幫幫忙。」我對李靜招手道。

「嗯……」

似乎還要被關上一天，所以我和李靜合力搬出幾張墊子，放到房間的中間，鋪成了一張大床似的，既可以躺又可以坐的休息點。

「可惡……」

李靜在咒罵著，她的情緒看起來十分不穩，而且拳頭也是卡卡作響。

正在生悶氣的李靜不要惹，是我的格言。下一刻李靜就在我有意的引導下，發現沙袋這種可以發洩的物品，接下來她連放在旁邊的拳套也沒戴上，箭步突前，左一拳、右一拳重擊著沙袋，彷彿要把它打碎一樣的恨意。

「喝——！」

我覺得這時官冰蕙要是在她面前，不用十秒鐘就會被打成豬頭，再過十秒鐘也許會變成連生物都稱不上的肉餅……

「為什麼什麼都不告訴姐姐的說！」

這一拳打的是我，李靜對昨天的事十分介意。

「姓徐的都是壞人的說！」

這一拳應該是打徐詩，李靜似乎對徐詩有很深的怨念。

「軍師明明答應過我的說！」

這一拳是打官冰蕙，的確官冰蕙昨天的樣子不像會做出今天的事。

「可惡！那盒子是她的，是她陷害大帥的說！」

還是打官冰蕙的，不過感覺也有對張玲的怨氣。

突然有了「李靜語翻譯年糕」的我，轉頭向旁邊的張玲望了一眼，她似乎不打算阻止李靜發洩。

如果是在平常，我應該跟李靜一樣很生官冰蕙的氣才是。不過當我看到張玲平淡如水、沒有表情似的臉，鬱著的氣就漸漸消散……

突然間，「噗」的一聲響起。本來掛在天花板的沙袋受不了李靜比擬蠻牛的力量，似是擺脫了重力，直飛到牆上撞出一大個印子。

這真的是李靜這種體型的女生能使出的力量嗎？原來我一直受到這麼可怕的生命威脅？重點是我竟然還活到現在，真是奇蹟！

「什麼事——事……啊？」

在門外看守的學生會成員打開了門，在看到那個掉到地上的沙袋、牆上的印子，還有滿是暴躁氣息的李靜之後——

「沒事、沒發生什麼事，不用看……」

對方向同伴說這裡的情況時，果斷關門。

說笑，這時的李靜誰也擋不住。

人型怪獸又嚷嚷了一會，因為我和張玲都沒有回應她，她罵累了又打累了，噘起小嘴，靠到我的肩膀，輕聲道了一句：「不要吵姐姐的說……」然後她閉上眼睛，過了一會連呼吸聲也平穩下來，似乎是真的睡著了。

我鬆了口氣，怪獸也要休息真是太好了！

「讓小靜發洩一下也好……」張玲輕輕地戳了戳李靜的圓臉，苦笑道：「她這兩天真的累了。」

「突然出現這麼多的問題，任誰都會覺得累。」我想要轉過頭看向張玲，可是李靜的頭髮正好刺到我的嘴巴，所以只好側著臉接著說道：「口香糖是官冰蕙放在妳身上的嗎？」

「在早上更衣的時候，她給我的。」

「什麼！」我驚訝得轉過頭，整個嘴巴張大，接著口裡都是李靜的頭髮，所以我馬上被嗆著，還好李靜有著難以被叫醒的屬性。

「哈哈——」張玲笑了起來。

「咳咳……」我吐出頭髮，一邊拿出衛生紙幫李靜擦頭髮上的口水，一邊問張玲：「妳當時不知道這是陷阱嗎？」

「我知道啊。」

面對張玲若無其事的回應，名為憤怒的情緒開始在身體內蔓延，我追問道：「既然妳知道，那為什麼……」

「我相信冰蕙，她這樣做一定有她自己的打算。」

聽到這裡，本來已算是平息下來的怒火又再次燃燒起來。我壓低了聲調問道：「妳平常不是很聰明的嗎？為什麼這次像豬一樣？」

「你不了解官冰蕙，她不會背叛。」

「我和蜘蛛不是說了她把戰爭本部的情報給了莎菲娜嗎？官冰蕙背叛已經是釘在板子上那麼明顯了，她只不過是利用妳的信任而已。」

「用人不疑，疑人不用。」張玲搖了搖頭，重複道：「你還不認識真正的冰蕙，她不是會變節的人。即使把情報給莎菲娜，也一定是她的布局；讓我們的行動失敗也是她的布局，更甚的是讓我們被困在這裡，亦必定是她的布局。」

我不屑地反問：「妳知道官冰蕙的全盤布局？」

「我不知道，只是用自己的理解去相信著冰蕙。」

突然間，我發現自己一直認定的大魔頭，原來是個很傻很天真的傢伙，只因為一些沒有實際承諾的事而完全沒有保留的相信一個人……

為什麼我會跟著這麼固執的人去打這場硬仗？

我自暴自棄地攤手道：「算了，既然現在都出不去，行動也算是徹底失敗，想想之後會有什麼懲罰下來似乎更實際！」

「嘿嘿嘿！」

張玲突然笑了起來，臉上的表情猥瑣得如同街上騙小朋友的怪叔叔，然後手上翻出了一個小塑膠袋……

我瞪大眼睛，嘴巴張大驚訝道：「怎怎、怎麼會在妳手上？」

「應該問為什麼在你的錢包中有這樣的東西？嘿嘿嘿！」張玲眯起眼，邊拆開塑膠袋，邊說：「兩女一男，在這個沒其他人的房間中，口袋裡藏著保險套的淫棍魔王竟然沒有跟小女子談人生理想？這真是十分不正常！」

「等等，大帥妳的臺詞聽起來十分危險……別拉開，我肯定妳是想把它套在我頭上！」

為確保自己不會被保險套套在頭上，我決定展開行動——我用手掌頂著她的頭，因為張玲手短的關係，所以她的手搆不到我。

「放開我——」張玲叫囂。

我拒絕：「不可以！」

「不會啦——」張玲說服。

我再次拒絕：「妳的話一點都不可信！」

在戰爭本部裡，張玲是戰力排行榜的最尾末。簡單形容就是一個戰鬥力不足五的渣渣，即使是我這個第三至第四名之間遊走的傢伙也可以輕易擊倒她。

「哇靠——！」

突然腰間一陣撕心裂肺似的痛楚傳來，雖然已經習慣，不過還是很痛。

我瞄了一眼被我們吵醒的李靜，對張玲說道：「大大、大帥妳還是正經一點吧，李靜盯著妳了。」

李靜鼓著臉，手上的力道可沒有減少，「……要生氣的說。」

「誒哈哈、哈哈——」

張玲手一翻把保險套收回口袋，帥氣地撥了一下額前的頭髮，解釋道：「嗯，不是在玩，現在是訓練、訓練！」

「訓練？」李靜指了指大帥插進口袋的手，「那個是什麼的說？」

「用來訓練盛遠成為『武士王』的道具！」

「哦……不過還是很可疑的說。」單純的李靜理所當然被奸詐的張玲糊弄過去。

「先不說這個。」張玲為了糊弄李靜，大聲說道：「盛遠不是想了解冰蕙和我之前到底發生過什麼嗎？為什麼我會肯定冰蕙不會背叛嗎？」

「是的。」我揉著似乎不屬於自己的腰。

「今天的時間很多……」張玲拍了一下手，「就由我跟冰蕙的相識開始說起吧！」

「唔……」李靜又將頭靠到我的肩上，再次睡過去，她這樣子看來已經聽過了不少次。

張玲開始說起過去的事：「還是國中一年級的夏天，在棋藝社的新生對抗中，我遇上了同年紀的莎菲娜和官冰蕙。雖然棋力比不上她們，不過有時也會走出幾著妙棋，因此我被她們注意，最後因為年齡差不多，我們三人自然而然成了朋友。」

「妳們本來就認識？」

「沒錯。接下來我們經歷了很多事，又是比賽，又是一起玩，又是什麼的等等，最後折服了她們，成這個三人組頭領似的人物。」

「領袖的魅力原來一直都有嗎？」

張玲理所當然地點頭，「呵呵，這種三人組的關係，維持到了高一的春天，也就是一年之前。」

「接下來，發生戰爭本部前大帥以及多名成員被退學事件？」我對這件事的了解僅限於結果。

「沒錯，那一件事就像蜘蛛所說，是由我、莎菲娜還有官冰蕙所策劃，目的是把戰爭本部連根拔起。那時我想要靠這一件功績打敗哥哥，成為學生會會長。」

我面前的這個女生到底有多強的魄力？不知道應該要害怕還是慶幸，這樣的狂人竟然是我們這邊的人。

我深吸了一口氣，「妳們真的是天不怕地不怕……到底是發生了什麼事，才可以讓這麼多人被同時退學？」

「我們利用一個被霸凌的學生，製造了一起多人打鬥事件。」

我皺起了眉頭，「打鬥？」

「是的，我們利用戰爭本部幫助學生的想法，故意讓她帶著學生會給的經費，故意讓小混混發現那個學生，故意……總之，那時的戰爭本部如我所想的掉進了陷阱。本來這事沒什麼大不了，敵人就快要被除掉了。可是我們幾乎毀滅性的打擊了戰爭本部之後，莎菲娜卻出賣了我，把我們的計畫原原本本地告訴當時的學生會會長，還有大部分的成員。結果是使用卑鄙計畫的我被學生會除名，學生會則享受我為他們帶來的成果。」

計畫不光彩而且也很簡單，可是卻掌握了當時戰爭本部不能不接招的理由。這才是戰術上完美的形態，既有官冰蕙的陽謀，也有莎菲娜的陰狠……

可惜現在這個智囊組合在我們的敵對方，不然再加上張玲、李靜和蜘蛛，即使沒有學校支持，要打敗學生會其實一點都不困難。

「既然是妳親手摧毀戰爭本部，又為什麼會成為戰爭本部的大帥？」

「為了報復。」張玲的臉上出現了熟悉的表情，那既壞又邪惡的表情，「我找到當時戰爭本部的殘黨蜘蛛和小靜，然後我說服曾經是敵人的她們，重新成立戰爭本部。」

「真不愧是大帥，什麼時候都很有魄力。」本來想說蜘蛛和李靜也真是單純，不過既然張玲可以在李靜的面前說出來，也即是說現在的目的不再是報復。

「在我完美的完成了幾次破壞活動後，冰蕙突然脫離了學生會，要求加入戰爭本部。不過我知道，那時的她是臥底，是哥哥支使莎菲娜說服冰蕙，讓冰蕙來破壞我的復仇計畫。」

我馬上想通了其中的關節，問道：「所以現在就是潛伏了一年的結果？」

「如果我沒有改變，沒有在大半年前見過前大帥的話，應該就是現在的結果。」

「那次見面？」我追問。

「沒錯，那一次讓我改變了，復仇的心不再熾熱，而且現在的我完全相信自己的同伴，相信跟我擁有同一信念的冰蕙。」

「到底……發生了什麼事？」

喜歡耍帥的張玲「哈」了一聲，帥氣地打了一個響指，說道：「那是——」

「啪」的一聲，雜物室的門突然被人用力推開！

「小的們，再加一個囉！」

突然出現在我們面前的是蜘蛛，不過不是正常狀態下的蜘蛛，而是被人提著，像件貨物一樣出現的蜘蛛。

提住蜘蛛的不是別人，正是本校的駐校校工，被蜘蛛喻為天敵的可怕校工大嬸！

「這個傢伙還真是天真，連上一代的 MI6 都不是我的對手，未出師就更不可能是我的對手啊！」

李靜像是嗅到魚腥的貓，馬上醒了過來，一翻身，擋在我和張玲的前方，擺出三重威脅的姿勢，吼道：「妳……快放開蜘蛛的說！」

「呵呵——」

校工大嬸大笑著把昏了過去的蜘蛛放到坐墊上，瞇眼檢視李靜的架式。良久，她才向李靜問道：「李氏技擊術？」

李靜神色凝重地點了點頭。

校工大嬸擺出同樣的姿態笑道：「怪不得小詩一直跟我說有個用同樣武術的小女娃，還誤會我收了另一個徒弟，原來就是說妳嗎？」

「咦……哎哎、哎——哎？」李靜被校工大嬸的話嚇得呆若木雞，口中發出不可置信的聲音，「原來那個傢伙不是偷學的說？」

「呵……」校工大嬸不屑地笑道：「小女娃，李寧安是妳師父？」

「是叔叔的說……」

「就說我可不會看錯，妳跟我是一路的！」

李靜反應過來，試著向大嬸問道：「請問是……師伯的說？」

校工大嬸的笑容和動作都收起，一副「我是長輩」的語氣向李靜說道：「那小子教出個不錯的小女娃，比我的小詩厲害。不過，能打不代表什麼，天下很大，妳可不能自滿。至於這隻不自量力的蜘蛛嘛……是被我打昏的，因為想要偷我放在身上的東西，不過既然小女娃叫我師伯，那我就再告訴你們一件事。」

「是的說！」李靜像士兵遇到了長官一樣站得筆直。

「假的，我身上沒有你們想要的東西。」

「嗯？謝師伯的說。」李靜立即向校工大嬸鞠躬。

「哎呀，我就說你們吶，這樣堂堂正正多好！學生會的傢伙和學校就是喜歡玩陰的……算了，人呢我已帶到，任務也完成了，至於其他的不多說，有空來跟師伯練招！」

李靜重重地點了點頭，「一定的說！」

看著她們又是抱拳又是自報家門，最後更是鞠躬及約戰，果然習武之人規律很多。不過有一個不錯的地方，校工大嬸看起來是個直爽的人，比起莎〇娜還有官〇蕙之類的好多了。

一輪功夫鬧劇後，我和張玲合力把蜘蛛扶起喚醒。

蜘蛛十分有覺悟，醒來之後並不像電影裡那些傻瓜連自己在哪都不知道，反而一臉懊悔地說道：「可惡，我們都被抓住了……」

「對哦！在這個房間之中就差冰蕙，戰爭本部全員大集合了啊！」作為大帥的張玲不知恥地自嘲。

聽到這句話的蜘蛛把錯都往自己身上扛，「自責，想不到是假的，都怪我太心急，把傳言當真。」

我和張玲都沒問那份假東西是什麼，因為那一定是證明口香糖不是張玲買的證據。

如果我是莎菲娜的話，是不可能會將這種東西留在世上，所以它應該一開始就不存在，根本只是為了引出蜘蛛的誘餌而已。

「現在怎麼辦的說？」李靜看起來十分不安，沒有剛才跟校工大嬸對峙時的氣勢。

「沒有辦法。」我聳聳肩，垂頭喪氣地說道：「即使有天大的本事，被困在這一畝三分地裡也用不出來。」

「頹然，我們大敗了……」蜘蛛抱著雙膝，坐到牆角，散播著生人勿近的可怕氣息。

「嗚……」李靜淚眼汪汪的看著我。

可惜，我沒有好辦法去安慰這群人，因為我現在也十分絕望。

「大家打起精神吧！」張玲站了起來，大叫道：「我們還沒有輸，雖然被困住，不過別忘記——他們是獵物，我們才是獵人！」

「哦？」

「是嗎？」

「嗚……」

在絕望和看不到曙光的時候，不論言語有多熱血，還是沒辦法燃燒起來。張玲應該還在相信著官冰蕙那個不存在的布局吧？

絕望的人總是想著曙光和希望，可是……

我並不相信，不是不相信官冰蕙，而是不相信一個作戰的布局會把所有戰爭本部的成員都押上。

這不可能，誰會做這麼危險的事呢？

即使張玲再說什麼煽動的話，再為我們打氣，對整體的士氣也起不了多少作用，我們所有人都認定這次完敗在學生會手上。

太早起床而有點累的我閉上了眼睛，在絕望中等待審判的來臨……

不知不覺間，我在李靜的肩膀上睡著了。

▼ Chapter.9 ▼

逆轉吧！翻開場上的一張——

「盛遠、盛遠……」

聲音聽起來很柔和，可是實際感受的話──

那是七級地震震央的破壞強度！

「等等──別搖！」我睜開眼，前方是李靜的圓臉和天花板……嗯？我不是靠在李靜的肩膀上嗎？

不過現在不是想這事的時候，因為生命值正受到巨大的威脅！二話不說，我試圖扳開李靜抓住我衣領的手叫道：「我醒了、我真的醒了！」

只不過李靜的手就像蟹鉗一樣，根本扳不開！

「我真……唔……醒了……」

這瞬間，我覺得自己要死了……

「嗯？」

李靜停下手，我的靈魂回到身體，由地府回到凡間的過程大概用了兩秒。

「唔……唔……什麼事？」我閉上眼睛，待了一會才又張開，可是還有一點暈眩的感覺沒退散。

旁邊的蜘蛛和張玲都不見了，就只剩下李靜一個。

「在吃午餐之前有我們的審判……蜘蛛和大帥先去了，現在就等我們的說。」

我拍著腦袋試圖讓自己好過一點，「那、那出發吧！」

審判，這應該是有關我們進行破壞運動會的懲罰，由學生會向訓導主任提出之後舉辦的行動。

大概三分鐘的步行，我們來到司令臺前的空地，之前經過這裡幾次，不過當成為眾人中心，那感覺又有很大的分別。

「嘿嘿嘿，小靜的大腿很舒服吧？」張玲拍了我一下，一臉猥瑣地說著。

「哎——」

我突然間被李靜狠推了一下，差點就要倒在地上。

回過頭，李靜害羞的臉染上紅暈，「沒有的說……」

原來我剛是睡在大腿上，難怪會看到天花板。

「到了這個時候還在玩這種同伴情節嗎？」

在司令臺的位置上，有三個我們都很熟悉的人——徐詩、莎菲娜和官冰蕙。

不過，在場的不只有學生會，更有不少工作人員和老師，其中連徐曲、助理老師都站在一旁看著。在這麼多人之中，就只有她們兩人的臉上掛著對我的關心。

公審的會場還架設了攝影機，可見莎菲娜要把我們趕盡殺絕、一次消滅的決心，果然是個智者。

——攻擊敵人的時候絕不留情。

「四人到齊就開始吧！」

在主位上坐著的是莎菲娜，兩邊分別是官冰蕙和徐詩。

官冰蕙真的背叛了……

這瞬間，我真的想衝到她的面前，用李靜一貫的方法痛打她一頓！

「拉住，小靜和盛遠冷靜一點。」蜘蛛在我和李靜要展開行動之前，先一步擋在我們的身前。

「賣友求榮的說……」

「我一定會讓她吃到應得的報應！」

張玲應該是這裡最傷心的一個吧？畢竟只有她到最後還依然相信著官冰蕙。

我轉過頭……

在張玲的臉上，我看不見任何憤怒，就像……就像勝券在握。她自信地笑著，似乎和我沉醉在精神勝利法時一樣，變成不願接受現實的魯蛇。

接下來，審判開始。

坐在莎菲娜左手邊的徐詩站了起來，朗聲道：「破壞運動會秩序者四名：張玲，由線人舉報，並在身上搜出了違禁品一件；李靜和江盛遠，因協助張玲拒捕而引起混亂；蜘蛛，涉嫌盜取文件。」

我望了一眼徐曲，皺著眉頭的她正擔心的看著我……搖了搖頭，忍住眼角因感動而快要落下的淚水，我對她做了一個「不用擔心」的口型。

被朋友關心的感覺真好。

「我、相、信、你、是、無、罪的……說？」

耳邊……傳來了聲音？明明在很遠處什麼都聽不見才是……

「那個徐曲是這樣講的說。」

「咳咳、咳咳咳！」要是有在喝水我一定嗆著。

李靜瞇起眼睛，「唔……你們感情很好的說。」

可以感覺到李靜如同蟹鉗一樣的手，正在我腰間軟肉游弋。為了不在一天之內受到兩次重擊，我連忙解釋道：「就就、就是朋友關係。」

「哼哼。」

雖說語氣有點不善，不過可以感覺她的手已經收了回去。

在場中心的徐詩沒因為這裡的騷動而停止，一直沒有停頓地說：「……以上為四人的罪狀，因為情節十分惡劣，影響極其嚴重，所以學生會代理會長莎菲娜向訓導主任提出召開公審會。」

作為學校方的代表——禿頂的訓導主任金老師，早就想要把我們幾個時常鬧事的人踢出學校，自然是不可能會錯過這次的機會，只見他緩緩地揚起嘴角道：「批准！」

「公審……有什麼後果？」我輕聲在蜘蛛的耳邊問道。

「撇嘴，虛假的審判，由在席的所有人決定我們的懲罰，前任大帥就是在公審中得到退學的處分。」

我看了一眼四周的人，大多是學生會成員和運動會的工作人員，普通學生極少，而且大多都是隊伍幹部。

這群都是在學校主導的運動會得到好處，又或者是在這個運動會得到樂趣的人，他們一貫用著看仇人的目光看著我們。在他們的眼中，我們四個努力變革的人就是破壞者、叛亂分子，應該被消滅和清除。

「現在有十分鐘時間給你們自辯，十分鐘過後，將會由所有與會者討論你們的懲罰，之後交由訓導主任決定是否執行！」

讀著稿的徐詩抬起頭，彷彿示威一樣掃視我們。

只不過她等到的不是我們的怒吼，也不是李靜的拳頭，更不是其他人的附和，而是——

「稍等，我有意見！」

「嗯？」主位上的莎菲娜轉頭望向右手邊，如同模特兒一樣漂亮的官冰蕙。

等等……

「如果這四個人沒有做過任何違反校規的事情，請問代理會長，這個公審能不能還他們清白？」

我瞪大了眼睛，不敢置信的掩著嘴巴。

莎菲娜的瞳孔收縮，目瞪口呆，深吸了一口氣，彷彿重新認識地看著官冰蕙，完全說不出話。

「代理會長？」官冰蕙微笑著問道。

「小蕙蕙……」莎菲娜站了起來，不再像調戲我時那麼從容，似乎失去了冷靜，顫抖著輕聲問道：「妳背叛我嗎？」

「很對不起，也十分抱歉，不過我無法助紂為虐……」

官冰蕙的視線由李靜、我、蜘蛛身上掃過，最後落到張玲的身上，淡定的對她做了一個口型──「釣野伏」。

日本戰國時期的戰術，利用一小部分的兵力扮作潰敗的樣子，然後把敵方引進伏擊的地點。這種戰術對敗逃引誘的士兵要求極高，即使在大敗、絕望的時候，依然要相信前方有同伴的埋伏……

不過在我們四人之中，就只有張玲可以做到。

還好我們有張玲能夠做到。

「微笑，原來不是無差別什麼的奇怪東西……」蜘蛛打趣道。

這一刻，我們都笑了起來，旁邊那些疑慮的視線，又或者滿頭問號之類的……對不起，你們還是不要參與進我們的戰爭比較好。

張玲被捕的瞬間，其實就是官冰蕙設下的埋伏，這好比溫水煮青蛙，一開始的情報都是為了讓莎菲娜信任的工具，嫁禍張玲才是官冰蕙真正的殺著。

真是大膽。

一個布局，真的把所有戰爭本部的成員都押上了！

莎菲娜顫抖著問：「張玲比莎菲娜要好嗎？我們認識十五年的時間，比起來……竟然是張玲更重要一點嗎？」

官冰蕙搖頭道：「什麼是對、什麼是錯，大帥知道，可是……妳不知道。」

莎菲娜哭了。

「棋和現實不同，棋有時候為了達到目的可以不擇手段，可以棄卒保帥，可以陷害，可以出賣。可是在現實之中，很多時候我們需要的，僅是相信同伴，僅是絕不放棄，就算失敗也要存著信念。」

「給我停下，不要說了！」

徐詩似乎感覺到旁邊兩人的不勁勁，想去阻止，可是作為老對手的李靜早了她一步——

「手下敗將，別想打鬼主意的說！」

本來看守我們的學生會成員，被突然出現的變故所嚇呆，李靜則抓緊脫身的機會，阻擋在徐詩的前方。

「切！」

莎菲娜和官冰蕙兩人的小劇場繼續——

莎菲娜帶著哭音問道：「小蕙蕙妳真的要這樣做嗎？」

「不把人打痛的教訓不是教訓，以其人之道還治其人之身，先破而後立。既然妳召開公審會，就要有被反過來利用的覺悟。」官冰蕙說著的同時，把口袋裡的東西一一拿出來——光碟、發票和口香糖。

只見莎菲娜絕望地看著官冰蕙手上的東西，頹然嘆氣。我想，她這個學生會代理會長，現在已經一無所有了。

「我們是最好的朋友，但妳誤入歧途，我的行動只是糾正妳。」

莎菲娜歇斯底里吼道：「妳以為我不敢說出去嗎？我一定會說出去的！那個張玲到底有什麼好！」

「呵——我會這麼做，就表示我一早已有對策。」官冰蕙笑著，輕輕地說出重逾千斤的真理：「小娜，寫作承認，讀作勝利。」

第一次，我覺得官冰蕙那麼帥氣；第一次，我因為官冰蕙的話而感動。

莎菲娜吸了一口氣，兩行淚水落下，轉過頭直視著張玲，「莎菲娜恨妳！妳搶走了我的小蕙蕙！」

張玲帥氣地笑著，手輕輕一撥及肩的頭髮，「這個學校裡的人，不是反對我，就是支持我，永遠都不少妳那麼一個。」

……果然還是張玲比較霸氣。

「可惡——」

說罷，莎菲娜如同失敗者一樣，鑽出還被蒙在鼓裡的人群，逃出這個由她召集而開展的公審會。

接下來的發展就像小說劇情一樣，光碟裡是便利商店的監視錄影，顯示了沒收回來的口香糖是莎菲娜和徐詩兩人一起買的，而發票上的購物日期和時間，與監視錄影顯示的日期和時間是相同的。

三件證物，讓張玲被認定為清白，不用接受任何懲罰。我和李靜雖然破壞秩序，不過情有可原，只拿到一支警告。最嚴重的是蜘蛛，不過校工大嬸現身求情，懲罰減輕為服務令，幫助大嬸工作一個星期。

相反的，徐詩和莎菲娜的下場就慘得多。

首先，學生會其他幹部一致通過將兩人從學生會中除名，其次是兩人各得到一支小過，最後是即日起停學一星期，期間需要遞交悔過書。

如果只論運動會作戰的事情，發展到這裡基本上是暫時告一段落。可是，如果是有關戰爭本部以及官冰蕙的話，那其實還有一段不少的插曲……

◆◎◆※◆※◆◎◆

「去慶祝的說！」

今年的運動會對學校來說是圓滿的結束，因為我們戰爭本部在公審結束之後就被人重點關注，所以基本上是各自做各自能做的事，有關作戰都沒做成。

「嘆氣，今年和去年一樣，運動會大作戰完全失敗。」

「也不是啦……能夠廢除學生會的兩員大將，也算是值得慶祝的事！」張玲下了評語。

正因為是她這個本部最高負責人的決定，所以李靜的提議得到了認可，派對計畫通過！

當大家興高采烈前往我家開派對之際，有一件可怕的事被張玲提了出來——

「說好的懲罰似乎是時候要執行了哦！」

我深吸了一口氣，這是比聽到要跟李靜進行物理層面上的戰鬥更可怕的話題。

「點頭，我和盛遠的確要接受懲罰。」

我驚訝地望向蜘蛛。

到底在說什麼啊！哪有人會自願接受懲罰的？至少也給我反抗一下！

可是更讓我想不到的卻是——

「我也一樣要受懲罰，因為我自作主張改變了作戰策略，導致本來的目標無法完成。」

這一切的策劃者、罪魁禍首——官冰蕙舉起手自首。

張玲「哈」的一聲，點了點頭，一副理所當然的口吻說道：「當然，這裡就只有我和小靜不用受懲罰而已，你們這群不聽指令亂來的傢伙！」

儘管我很不爽，不過張玲說的是事實，我們三人的確沒有聽從張玲的指令，而且這一次的行動要不是有張玲的固執，根本上不可能完美的反戈一擊。

「所以你們的第一個懲罰，就是到超市買派對的食品和用品！」

「哦……」

我鬆了一口氣，雖說這算是第一個懲罰，不過如果用此衡量的話，之後所謂的懲罰就變得沒什麼可怕了。

蜘蛛、我還有官冰蕙三人，就跟張玲和李靜分開行動。

「好奇，我之前跟盛遠在猜測妳是不是有痛腳被莎菲娜抓到，不過現在看來是沒有呢……」一向甚少發言的蜘蛛，這次先提出話題。

「也是。」官冰蕙臉上露出了一絲苦笑，又說道：「小娜根本不能威脅我。」

嗯？

「點頭，軍師光明正大，根本不會被人威脅成功。」蜘蛛由衷地稱讚官冰蕙。

也許蜘蛛是潛伏這方面的天才，可是如果說是察言觀色，我絕對要比蜘蛛高明很多。官冰蕙一定隱瞞了很多事，甚至我覺得跟她那個厭惡男性的心理病有關，而且她到現在都還沒有說明假裝背叛的理由。

接下來在前往超市的時候，蜘蛛又跟官冰蕙交流有關這次作戰的事，例如：莎菲娜在何時跟她聯繫、又在何時改變計畫等等。

只是我越聽越覺得不妥當，官冰蕙的話沒有破綻，可是卻不符合她和莎菲娜的性格。即使是面對張玲時，官冰蕙也不會低聲下氣，為什麼面對莎菲娜就會呢？如果莎菲娜沒有威脅官冰蕙的話，為什麼莎菲娜會完全相信她？

重點是一向喜歡用陽謀的官冰蕙這次卻改變作風，使用兵行險著的陰謀呢？

要知道，莎菲娜不是張玲那種固執的個性，而是生活在陰謀中的人，即使是青梅竹馬，也不會如此輕易相信官冰蕙。還有，最後莎菲娜那句「我一定會說出去」真的十分可疑。

只不過這些疑點，我不打算在蜘蛛的面前問官冰蕙。

抵達超市的時候，蜘蛛看著立在門口的超市平面圖，誇張地說道：「驚訝，這間超市也太大！」

官冰蕙笑道：「因為是新的嘛！」

「我記得這個地方在一年前本來是溜冰場，在上個月才改建成超市，所以賣場空間大是很正常的事。」

我可是記得媽媽第一次帶我和弟弟來的溜冰場。可惜現在物是人非，我弟成了妹，我媽成了宅，現在連溜冰場也成了超市……

我的人生真是悲哀！

「我們分成兩組行動？」官冰蕙提議道。

「也好。」我點頭應道。

如果這個時候我知道接下來會發生什麼事的話，說什麼我也絕對不會贊同分組行動這個方案！

在三人全票通過後，我們分成兩組，一組負責買食物，另一組則負責買派對的用品。

本來是我單獨一人行動，可是官冰蕙以我的智商不足以勝任購物任務為由，讓蜘蛛跟我交換，最後變成我和官冰蕙一組負責買食物。

「跟我分到一組你很不滿意嗎？」

官冰蕙果然是軍師，一眼就看穿了我的想法。

「也不是，只不過一個人行動方便很多，更不用約好時間和日子，哪一天想去就去，無拘無束，才是真正的人生！」

官冰蕙噗哧笑了，掩嘴問道：「你在說中文？」

「呵呵……」我裝傻地笑著。

我之所以會做出這種低能的表現，其實是因為我發現身後有一個人在跟著我和官冰蕙。至於是誰？

「我們先買零食吧！」官冰蕙提議道。

「哦。」我點頭，瞄了一眼那個躲在一大堆巧克力山後，卻露出一小部分捲髮的傢伙。這女的還不走嗎？

在零食區轉了一圈後，即使被我明示暗示了多次，那人似乎沒有打算放棄跟蹤，要不是我肯定身邊的官冰蕙才是目標，我一定不會跟那名跟蹤者交流。

不過，有這麼一個警覺性極低的官冰蕙在身邊，我只好讓對方知難而退。

正往前走的我突然停下來，轉身——

「怎麼了？」官冰蕙發現我的不妥。

我沒有回應，獨自走到巧克力山前，大聲宣告：「都已經被我發現了還不出來嗎？」

「可惡，竟然被發現了！」

由巧克力山後方走出來的人，正是中午才被官冰蕙擊敗的莎菲娜，所以……我才不想讓她出來！

又要面對這個我極度害怕的女生，這一刻真想轉身就跑……

「跟著官冰蕙有什麼事嗎？」我不滿地問道。

莎菲娜漲紅著臉說：「莎菲娜是來 Tell 小蕙蕙，莎菲娜現在就會跟 They 說，再不阻止莎菲娜就沒有 Chance 了！」

嗯嗯嗯……這傢伙不是來搞笑的吧？真的想要跟某些人說，她完全可以不用過來威脅官冰蕙。

官冰蕙愣了一下，漲紅著臉回道：「沒關係，要說便說，我是預計了後果才做出決定！」

莎菲娜叫道：「如果我告訴 They，妳就要去德國，那也沒有關係嗎？」

德國？

那即是說，莎菲娜也知道官冰蕙的心理病，然後……沒錯，之前說要揭開我的面具，就是……就是要把我假裝官冰蕙男友的身分揭開？

等等，這麼說來，所有的奇怪都可以串起來了！

因為官冰蕙被莎菲娜威脅了，所以莎菲娜才會完全信任官冰蕙；因為官冰蕙被莎菲娜威脅了，所以官冰蕙才要假裝背叛我們。

「才、才沒有關係！」

官冰蕙的樣子跟她說的話完全是兩回事。根本不是沒有關係好嗎？這個傢伙絕對是超不想去！

莎菲娜似乎看不出來官冰蕙的表情，開始歇斯底里吼道：「那邊的 Boy 別以為莎菲娜不知道，你不過是 Fake，不是真的，所以揭穿之後，小蕙蕙的如意算盤就打不響了哦！」

我有種想要讓這兩個口不對心的傢伙閉嘴別說話的衝動，既然不想官冰蕙離開，那又何必威脅她呢？另一個就是超不想離開，為什麼又要逞強裝作沒關係呢？

官冰蕙望了我一眼，臉色變得更紅，支支吾吾地說道：「盛遠遠……是……是我的……是我的……男朋友！」

只不過她這句話完全沒有說服力，連三歲小孩也不可能會相信。

「騙人！他這個智商負數的 Idiot，怎麼可能是小蕙蕙的男朋友！」

唔……有時候真的搞不明白，自稱智商不是負數的人到底在想什麼，兩人明明都很在意對方，可是卻一直在逞強。

官冰蕙強辯：「他是！」

「他不是！」

「他是！」

「他不是！」

這兩個智商絕對是正數的女生，已經變成小朋友吵架模式了嗎？

莎菲娜指著官冰蕙，「證明呢？」

「我……」官冰蕙已經失去了冷靜，臉上滿是淚和汗水，眼眶通紅。

即使像是小朋友吵架，她還真的是用盡生命的力量在吵。

……等等！

這一瞬間我有種不好的預感，想要退後離開到遠離官冰蕙的安全距離時，她卻反手抓住了我的手臂。

「好，我證明！」

官冰蕙轉過頭，雙手捏住我的雙頰……

「等等，妳想要幹什——唔——」

我在說到「什」字的時候，就無法再發出「麼」字的音節，因為我用來吐出音節的嘴巴被官冰蕙的雙唇狠狠地封上！

「唔……唔——」

腦袋裡變得一片空白，什麼反應也生不出來……

感覺很柔軟，也很甜，味道真的很甜……

良久，官冰蕙才放開了已經不會思考的我，轉頭對莎菲娜說了幾句話，可是我混亂得根本無法把它組成一句完整的句子，只看到莎菲娜哭著跑掉了。

啊……

我這是在做夢吧？
我被官冰蕙強吻？
官冰蕙一定是被人施了什麼奇怪的魔法……
還是我被人施了幻術？
嗯，一定是兩者都有一點！

▼ AFTER ▼

盛子，告訴妳一個秘密……我都看到了。

「辛苦大家了，乾杯！」張玲手中高舉起一杯汽水。

所有人都一同碰杯。

「乾杯！」

「乾杯——」

雖然剛才發生了那樣的事，不過到最後我和官冰蕙選擇暫時忘掉那近十秒的……的「糖果時間」！

沒錯，除了「豆腐觸感」之外，我們之間又多了一個「糖果時間」……

接著，派對上我們都很正常的玩、很正常的被懲罰、很正常的吃東西，最後派對沒有意外的結束。

如果真是這樣的話，那就太好了，可惜完全不是那樣。

「敲門，盛遠在嗎？」

我皺了一下眉頭，平常他們都是同時離開，只不過今天的蜘蛛不知道因何事而折返，正在收拾客廳的我不疑有他拉開了門。

「有東西留下了嗎？」穿著圍裙的我拿著垃圾袋問道。

蜘蛛很凝重的「唔」了一聲，然後才徐徐問道：「嚴肅，你是不是知道官冰蕙被莎菲娜威脅的原因？」

我擺了擺手，搖頭道：「哈哈，我怎麼可能會知道……」

「輕咳，盛子，告訴妳一個秘密……」

蜘蛛把手機拿了出來，給我看螢幕上的畫面——

「我都看到了。」笑。

——我被官冰蕙強吻的畫面。

《戰鬥吧！校園戰爭本部02男朋友？女朋友？》完

敬請期待《戰鬥吧！校園戰爭本部03》精采完結篇！

不可以用超能力談戀愛
Yes?N
Don't
Superpo
NOVEL 南門椅子
ILLUST Flyking
談戀愛 01 不可以用超能力
Yes?No? Don't Use Superpower!!
談戀愛 02 不可以用超能力
全套2集，全國各大書店、網路書店、租書店，持續熱賣中！
賭上戀愛遊戲之神的戰爭即將開始！
全套2集，一起來攻略超能力美少女！
典藏閣
華文聯合出版平台 www.book4u.com.tw
采舍國際 www.silkbook.com
不思議工作室_ 立即搜尋
版權所有© Copyright 2015

作者 瓶 X 繪者 Flyking
島國守衛戰
02 END 以哥哥的名義發誓，凶手就是你！
全套兩集，全國各大書店、租書店、網路書店持續熱賣中！
02
01
環境崩裂+魔物猖獗
+人為鬥爭=鬼島誕生?!
島國經濟命脈之神的女兒失蹤，
協尋獎金上看 100億!!!
少年除了要打退魔物，
更要保護 他的100億 島國千金！
里長公告
各位里民請注意～各位里民請注意～晚上六點開始宵禁，不准在街上逗留，更不准跟魔物釘孤枝！
典藏閣
華文聯合出版平台 www.book4u.com.tw
采舍國際 www.silkbook.com
不思議工作室_
立即搜尋
版權所有© Copyright 2016

羊角系列 021

戰鬥吧！校園戰爭本部 02

男朋友？女朋友？

出版者■典藏閣
作　者■萊茵@千人　繪　者■歐歐 MIN
總編輯■歐綾纖
製作團隊■不思議工作室
郵撥帳號■50017206 采舍國際有限公司（郵撥購買，請另付一成郵資）
台灣出版中心■新北市中和區中山路 2 段 366 巷 10 號 10 樓
電　話■(02) 2248-7896　傳　真■(02) 2248-7758
物流中心■新北市中和區中山路 2 段 366 巷 10 號 3 樓
電　話■(02) 8245-8786　傳　真■(02) 8245-8718
ＩＳＢＮ■978-986-271-683-0
出版日期■2016 年 5 月
全球華文國際市場總代理／采舍國際
地　址■新北市中和區中山路 2 段 366 巷 10 號 3 樓
電　話■(02) 8245-8786　傳　真■(02) 8245-8718
新絲路網路書店
地　址■新北市中和區中山路 2 段 366 巷 10 號 10 樓
網　址■www.silkbook.com
電　話■(02) 8245-9896
傳　真■(02) 8245-8819

線上總代理：全球華文聯合出版平台
主題討論區：http://www.silkbook.com/bookclub　◎新絲路讀書會
紙本書平台：http://www.silkbook.com　◎新絲路網路書店
瀏覽電子書：http://www.book4u.com.tw　◎華文電子書中心
電子書下載：http://www.book4u.com.tw　◎電子書中心（Acrobat Reader）

☞**您在什麼地方購買本書？**☜

1. 便利商店（ ________市／縣）：☐7-11　☐全家　☐萊爾富　☐其他____________

2. 網路書店：☐新絲路　☐博客來　☐金石堂　☐其他__________

3. 書店（ ________市／縣）：☐金石堂　☐蛙蛙書店　☐安利美特animate　☐其他____

姓名：________ 地址：____________________________________

聯絡電話：____________　電子郵箱：____________________________

您的性別：☐男　☐女　　您的生日：西元________年________月________日

（請務必填妥基本資料，以利贈品寄送）

您的職業：☐上班族　☐學生　☐服務業　☐軍警公教　☐資訊業　☐娛樂相關產業

☐自由業　☐其他__________

您的學歷：☐高中（含高中以下）　☐專科、大學　☐研究所以上

☞**購買前**☜

您從何處得知本書：☐逛書店　☐網路廣告（網站：____________）　☐親友介紹

（可複選）　☐出版書訊　☐銷售人員推薦　☐其他________________

本書吸引您的原因：☐書名很好　☐封面精美　☐書腰文字　☐封底文字　☐欣賞作家

（可複選）　☐喜歡畫家　☐價格合理　☐題材有趣　☐廣告印象深刻

☐其他________________

☞**購買後**☜

您滿意的部份：☐書名　☐封面　☐故事內容　☐版面編排　☐價格　☐贈品

（可複選）　☐其他

不滿意的部份：☐書名　☐封面　☐故事內容　☐版面編排　☐價格　☐贈品

（可複選）　☐其他

您對本書以及典藏閣的建議____

____

____

✌未來您是否願意收到相關書訊？☐是　☐否

✍**感謝您寶貴的意見**✍

印刷品

$3.5
請貼
3.5元
郵票
不思議信箋
POSTAGE POST

235 新北市中和區中山路二段366巷10號10樓

華文網出版集團　收

（典藏閣－不思議工作室）

戰鬥吧！

校園戰爭本部 02

萊茵@千人 NOVEL × 歐歐MIN ILLUST